外国经典
诗　　歌
珍藏丛书

济慈诗选

柳鸣九 / 主编　屠岸 / 选译

時代文藝出版社

图书在版编目（CIP）数据

济慈诗选 / (英) 济慈著；屠岸选译. — 长春：时代文艺出版社，2020.4
（外国经典诗歌珍藏丛书 / 柳鸣九主编）

ISBN 978-7-5387-6213-6
Ⅰ. ①济… Ⅱ. ①济… ②屠… Ⅲ. ①诗集－英国－近代 Ⅳ. ①I561.24

中国版本图书馆CIP数据核字（2019）第280062号

出 品 人　陈　琛
产品总监　邓淑杰
责任编辑　曾艳纯
封面绘画　刘星宇
装帧设计　孙　利
排版制作　任　奕

济慈诗选

[英] 济慈 著　屠岸 选译

出版发行 / 时代文艺出版社
地址 / 长春市福祉大路5788号　龙腾国际大厦A座15层　邮编 / 130118
总编办 / 0431-81629751　发行部 / 0431-81629755　北京开发部 / 010-63108163
官方微博 / weibo.com / tlapress　天猫旗舰店 / sdwycbsgf.tmall.com
印刷 / 三河市万龙印装有限公司
开本 / 880mm × 1230mm　1 / 32　字数 / 237千字　印张 / 11.125
版次 / 2020年4月第1版　印次 / 2020年4月第1次印刷　定价 / 42.00元

图书如有印装错误　请寄回印厂调换

译者简介

屠岸（1923—2017），江苏常州人。曾任人民文学出版社总编辑。名片上的“头衔”是：诗爱者、诗作者、诗译者。自称“平生不识烟茶酒，只有诗魔伴我眠”，其中“诗魔”包括爱诗、写诗、译诗。著作有《萱荫阁诗抄》《屠岸十四行诗》《哑歌人的自白》《深秋有如初春——屠岸诗选》《夜灯红处课儿诗——屠岸诗选》《诗论 · 文论 · 剧论》《倾听人类灵魂的声音》《生正逢时——屠岸自述》等；译著有惠特曼诗集《鼓声》，《莎士比亚十四行诗集》，斯蒂文森儿童诗集《一个孩子的诗园》（与方谷绣合译），《英美著名儿童诗一百首》，《济慈诗选》，《英国历代诗歌选》，《英语诗歌精选读本》等多种。《济慈诗选》获第二届鲁迅文学奖翻译奖；2010年屠岸获中国翻译协会颁发的中国翻译文化终身成就奖。

承前启后的浪漫派诗人济慈（序）

屠　岸

约翰·济慈（John Keats，1795—1821），英国19世纪杰出的浪漫主义诗人。英国诗歌在世界文学史上占有突出的地位，英国浪漫主义运动是英国诗歌史上继莎士比亚时期之后的又一影响深远的黄金时期，这个时期托起了诗坛上的五位巨擘：华兹华斯，柯尔律治、拜伦、雪莱、济慈，而济慈是此时英国诗歌的一个承前启后的关键人物。中国学者王佐良指出："华兹华斯和柯尔律治是浪漫主义的创始者，拜伦使浪漫主义的影响遍及全世界，雪莱通过浪漫主义前瞻大同世界，但他们在吸收前人精华和影响后人诗艺上，作用都不及济慈。"从这一精辟的分析中，我们可以清楚地看到济慈在英国和世界文学史上的地位。

济慈是英国浪漫主义五大诗人中出生最晚却逝世最早的诗人。他的父亲是伦敦一家代养马房的马夫领班，与雇主的女儿结了婚，继承了这份产业。济慈的母亲生性敏感，对子女极为慈爱。约翰·济慈是长子，下有三个弟弟（其中一个在婴儿时夭亡），一个妹妹。济慈没有受过高等教育，早年只进过约翰·克拉克为校长的私立学校。八岁时，他父亲坠马身亡；十四岁时，他母亲死于肺痨。虽然济慈的外祖母留给孩子八千英镑，然而为了这笔遗产济慈在有生之年始终在不断打官司。孩子们的监护人理查德·阿贝让十五岁的济慈离开学校，到外科医生兼药剂师哈蒙德手下当学徒。济慈十九岁时进入伦敦盖伊氏医院学习，次年当上了药剂师。这都违背了他本人的意愿。不久，他便不顾监护人的反对，放弃行医，专门从事写诗了。但济慈的心情并不轻松。他的二弟乔治和新婚妻子移居美国，因投资失败，陷于困境。济慈本来手头拮据，现在必须以文字工作来弥补家庭收入的不足。他的三弟托玛斯染上肺病，病重时，济慈一直在病榻旁侍候，直到三弟病故。这时，二十二岁的他也染上了肺病。差不多与此同时，他认识了芳妮·布劳恩小姐，深深地爱上了她。芳妮是个漂亮、活泼的十八岁少女，有一个敏捷、聪明的头脑，她真诚地爱着济慈。次年，他与芳妮订婚。但他越来越坏的健康状况和微薄的经济收入使结婚成为不可能，这使他陷于极大的痛苦中。贫困的压力、婚姻希望的破灭、疾病的折磨、恋诗情结的纠缠，这些一直伴随着他到临终。

在英国的大诗人中，几乎没有一个人比济慈的出身更为卑微，这使他有机会了解下层社会，他本人经历了人世的艰辛和苦难，他

在《夜莺颂》里，他企求“忘掉世上的疲倦，病热，烦躁”，忘掉“人们对坐着互相听呻吟，/瘫痪者颤动着几根灰白的发丝，/青春渐渐地苍白，瘦削，死亡”。这些，正是他亲身经历的苦难的表述。他的另一部作品，根据意大利作家薄伽丘的名著《十日谈》中第四日第五篇故事轮廓创作的叙事诗《伊萨贝拉或罗勒花盆》中，有整整两节写到伊萨贝拉的两个哥哥继承了祖上留给他们的遗产，这些财产是靠残酷剥削工人的血汗而积聚起来的。诗中描写了矿工、收集金沙的工人、工厂里的工人，以及为雇主捕猎鲨鱼、海豹的工人们的悲惨处境，多少劳工“在茫茫无边的水深火热中受苦”，而财主对待雇工则等于“架起刑具在杀戮、屠宰”。这些细节，薄伽丘原著中没有，是济慈加上去的。20世纪爱尔兰作家萧伯纳指出，这几节诗中所描写的场景集中表现了马克思《资本论》中有关资本剥削的原理。我们至少可以说，这些诗节反映了济慈所体验到的人间受压迫者的苦难，这种苦难意识同济慈的诗歌才华紧密地结合了起来，他在《海披里安的覆亡》中指出：

没有人能达到诗歌的高峰，
除了那些把人世的苦难当作
苦难并为之日夜不安的人们。

这种苦难意识使济慈的诗歌带有民主主义精神，而民主意识正是浪漫主义诗歌的特征之一。

济慈曾一度被认为是一个专门讲求官能享受的、唯美主义的、为艺术而艺术的诗人，20世纪以来，评论家和读者逐渐改变了这种片面的看法。经过对济慈的全部作品的深入研究，人们发现，济慈是一位艰苦而执着地思考人生、追求诗艺，具有民主精神的诗人。济慈蔑视权势，在十四行诗《写于李·亨特先生出狱之日》中，他抨击“权贵的宠仆”，指出“当权者喜欢奉承，而贤者亨特，/敢于进忠言，于是被投入牢房，/他依然自由，如云雀冲向上苍，/他精神不朽”。济慈崇尚自由，当拿破仑战争结束时，他在十四行诗《咏和平》中呼喊道：“宣布欧洲的自由！/欧洲呵，不能让暴君重来”，“打断锁链！……/叫君主守法，给枭雄套上笼头！”济慈同情民族解放，在十四行诗《致柯斯丘什科》中，他对这位波兰民族解放运动领导人唱道：“你的伟大的名字/是一次丰收，贮满了高尚的感情”。济慈抨击专制，在《写于5月27日，查理士二世复辟纪念日》一诗中，他猛烈指斥1660年英王查理士二世的王政复辟，认为这是英国人“最可怕、最肮脏的耻辱”。济慈反对君主专制和民族压迫，向往民主自由和民族解放，态度异常鲜明。在这点上，他与拜伦、雪莱是完全一致的，尽管没有像他们那样在作品中提出革命和改造社会的命题。济慈的民主精神不局限于具体的政治事件。在他的一些诗篇中，民主意识表现的范围十分宽广。如诗札《致马修》《给我的弟弟乔治》，十四行诗《致查特顿》《致海登》和叙事诗《圣亚尼节前夕》等篇，都表现出反对暴虐、压迫，崇尚善良、正义、纯真的精神。

济慈诗歌的主旋律是对美的颂赞。在《希腊古瓮颂》中，他提出了著名的格言："美即是真，真即是美。"有的学者认为这句格言指的仅限于一只具体的希腊古瓮，就是说，这只古瓮上雕刻的人和物，具有非凡的美，这种美才是真实的。但济慈所说的真，是指经验。他在《恩弟米安》的开头就说："美的事物是一种永恒的愉悦。"愉悦就是经验，强烈的经验通过艺术凝固下来，便成为永恒的美。因此，上述格言的内涵仍具有普遍的意义。济慈认为，美与真统一，就成了巨大的力量。他在《海披里安》中借老海神的口说："最美的就该是最有力量的，这是永恒的法则"。这里，美被提到了空前的高度。只有新生事物才是最有力量的，把美与新生事物联系在一起，这是济慈思想的核心部分。在《夜莺颂》中，诗人所憧憬的美的幻境与生活中的苦难和不幸形成鲜明的对照。可以看出，诗人对美的向往是同对丑恶现实的不满和否定相联系的。因此，把他看作唯美主义者是不恰当的，他把希望寄托在美的事物上，他的理想就是新生的美。他在《海披里安》里写一位老一代女神，她放弃自己的宝座是为了让新一代神阿波罗登位，"为了一种新生的美"。这里，济慈对美的崇尚实际上是他的民主倾向的曲折体现。济慈在困厄的条件下所从事的诗歌创作，正是一种追求理想的坚韧不拔的实践。他的杰出的诗作本身就是他留给人类的一种不朽的"新生的美"。

济慈一生经历过许多困厄。除了贫穷和疾病外，他还经历过另一种困厄。1818年秋，《评论季刊》《英国评论家》和《布拉克伍德杂志》都刊登文章批判、诋毁济慈新出版的长诗《恩弟米安》，甚至对济慈进行恶意的人身攻击，这对济慈的身心是一次大的打击。但这件事是否直接导致他的死亡呢？当时以及后来，都有人认为是这些粗暴批评杀死了济慈。雪莱在为济慈写的悼诗《阿董奈斯》的《前言》中称济慈"天性脆弱"，认为"《评论季刊》对《恩弟米安》的粗暴批评在他敏感的心灵上产生了极为有害的影响，由此引起的激动使他肺叶的血管崩裂"，以致后来出现的公正的批评"也无法挽救他"。拜伦写诗说："是谁杀死了约翰·济慈？《评论季刊》杂志承认：'我，如此粗暴地，像野蛮人，这是我的功绩！'"但济慈不是这样脆弱的人，他虽然经历了痛苦，但他神志健全。他清醒地认识到，对他的攻击是由保守偏见和社会等级的势利心态所引起的。他对《恩弟米安》已做出自己的评判："我对自己的评判所给予我的痛苦超过了'布拉克伍德'和'季刊'所强加给我的痛苦。"他反省自己的诗作，进行自我分析。在英国诗人群中，能够对自己的作品进行这样无情的解剖，是极为罕见的。济慈在求学时就是一个活泼的、爱争吵的孩子，因挥拳打架而出名。他从来不是弱者和懦夫，积极进取的精神贯穿在他的一生中，他的自我批评说明他具有探索真理、追求诗艺的非凡勇气。

济慈作为攀登诗艺高峰的勇者，其成长速度之快，没有别的诗人可与之相比。他在十八岁之前没有写过诗，在这之后的几年中也只是写些纪念册诗篇，其中最好的不过稍稍像点儿样子。到了二十岁，他突然写出像《初读恰普曼译荷马史诗》这样声调昂扬、风格庄重的十四行诗来。同年他又写出了《睡与诗》，在这首长诗里，他以过去的伟大诗人们为榜样，给自己安排了一个诗歌创作进度计划。他提出：

> 啊，给我十年吧！我可以在诗里
> 征服自己；我可以大有作为，
> 听从我灵魂对我自己的指挥。

上帝很吝啬，没有给他十年时间，他自己也感到很可能早逝，于是以极大的紧迫感致力于诗歌事业。1817年他从事一项费力的工程，即创作上文提及的《恩弟米安》——四千多行的长诗。这是一部内涵极其丰富却又多处令人费解的寓言，体现诗人对理想女性的寻求和对超凡脱俗的完美幸福的探索。这首诗的许多章节展示了稳健的韵律、优美的修辞和成熟的诗风，出版后受到打击，却丝毫没有使他失去信心。他在完成这首诗之前就声称：他写作《恩弟米安》仅仅是当作“创作试验”，他已开始设计另一部规模更大的神话史诗《海披里安》。这首诗以英国17世纪大诗人弥尔顿的长篇叙事诗《失乐园》为楷模，于1818年底动笔。但到第二年8月，他放弃了《海披里安》的写作，使之成为一部未完成的作品。放弃的原因之一是他力图摆脱弥尔顿的影响，他坚持说：“我要独立地写作，诗歌天才必须设法自己超度自己。”他同雪莱已经结交，但辞谢了与之结成密友的机会。他说：“这样我可以无拘无束地发挥自己。”他摆脱了李·亨特的影响，以免获得“做亨特学生的荣誉”。他热心于学习前人，但他摆脱了一切对自己独创性的威胁。

在剧烈的痛苦和骚动的感情中，济慈开始了为诗拼搏的进程。他说：“我从来不怕失败，我宁可失败，也要进入最伟大的人的行列。”从着手试笔起，仅五年时间，他达到了短促的诗人生涯的顶峰。他遍涉各种诗歌体裁，经历几次诗风的变化，终于写出了一系列惊世的杰作。特别是1819年的九个月，可称之为济慈的“奇迹时期”，在此时期内，他的六首“颂”一一问世，同时他还写成了《圣亚尼节前夕》《冷酷的妖女》《拉米亚》以及多首十四行诗。仅仅这六首“颂”就足以使他不朽。尤其是《夜莺颂》《希腊古瓮颂》和《秋颂》，已成为世界诗歌宝库中罕有的奇珍。他一生写出的六十多首十四行诗使他成为英国浪漫派中主要的十四行诗能手（另一位是华兹华斯），他虽然中途放弃了《海披里安》的写作，但这首诗并不是完全模仿弥尔顿的作品，尽管有着弥尔顿风格的影响，它的恢宏的气度和铿锵的音调却是济慈的，体现了济慈自己的风格，其成就显然超过了《恩弟米安》，连拜伦也不得不称赞《海披里安》诗风“崇高肃穆，堪与希腊埃斯库罗斯的悲剧相媲美”。他的《冷酷的妖女》以精确、严谨的歌谣体语言造成了令人战栗的艺术效果，他的三首叙事长诗《伊萨贝拉或罗勒花盆》《圣亚尼节前夕》和《拉米亚》都达到了用诗歌形式来讲述故事的高超水平。尤其是《圣亚尼节前夕》，以其内涵的丰富和色彩的绚丽，达到了爱情故事诗的巅峰。济慈所有成熟的作品都具备诗人赋予的独特的品格，我们听到舒徐而优美的韵律，看到鲜明而具体的描绘。诗人把触觉的、味觉的、听觉的、视觉的、运动的、器官的各种感觉组合起来，成为整个经验的总体感受和全面领悟。诗人对于身外客观事物的存在，产生极度愉悦的感觉。诗人似乎失去了自我意识，与他所沉思的事物融为一体，这也就是诗人所说的“客体感受力”作用的实际体现。他的凝炼而精妙的遣词造句，使人想起莎士比亚。通过丰富的官能感受，诗人把各种经验合成一种不可分割的体积，奇特地呈现在读者面前。他从愉悦中发现忧伤，从痛苦中找到欢乐；极度深挚的爱情对于他有如死亡的临近；对于“怠惰”，对于思索，他同样向往；他清醒地意识到梦幻世界的无限吸引力，又明白地懂得现实世界的巨大压力；他同时追求社会责任感和美学超脱，把二者结合在一起。他写出的杰作使他实现了自己的愿望：进入了诗歌史上“最伟大的人的行列”。

济慈的书信，比他的诗作毫不逊色。从他的书信中可以看出，他诗作中所生动地表述的矛盾和冲突，他首先从自己的脉搏上感到了。这些书信揭示出，他在苦苦地思索人间苦难的问题；在发现了“世界上充满贫困、疾病、压迫、痛苦、伤心事”之后，他思考着怎样去理解人的生存。在生命的最后日子里，他拒绝用单纯的传统哲学原理和绝对的宗教信条来代替复杂而又矛盾的人生经验，以取得心灵的平衡，这说明他到死也没有退缩。他似乎在计划采用新的题材，走新的路子，但是，重病和接踵而至的死亡干扰了他。

1820年2月，济慈因肺病咯血。他正视现实：“那血对我是死亡警告，我必死无疑。”这一年的春天和夏天，他不断咯血，急剧地消瘦下去。到秋天，他接受劝告到气候温和的意大利去，由青年画家约瑟夫·塞文陪同前往。1821年2月23日，他客死罗马，安葬在罗马新教徒公墓，年仅二十五岁。墓石上刻着济慈自定的铭文：“用水书写其姓名的人在此长眠”。凡是熟读济慈作品的人，无不感到，这样一位非凡的天才却英年早逝，是上帝不公，是诗的悲剧。如果天假以年，他能够达到怎样的成就，是难以预料的。但是人们公认，当他二十四岁停笔时，他对诗坛的贡献已大大超过了同一年龄期的乔叟、莎士比亚和弥尔顿。

这部《济慈诗选》译本根据的英文原文选自加罗德（H.W.Garrod）编的《济慈诗歌全集》（*The Poetical Works of John Keats*），牛津大学出版社1956年版；同时参考福尔曼（H.Buxton Forman）编注的《济慈诗歌全集》，牛津大学出版社1931年版；塞林柯特（E.De Selincourt）编注的《济慈诗歌全集》，伦敦麦修恩公司1926年修订版；以及其他版本。译者选诗的原则是：凡济慈的优秀作品，在篇幅允许的范围内，尽可能选入，如六首颂诗，三首长篇叙事诗，抒发诗歌观的长诗《睡与诗》，绝大部分十四行诗及一部分经过挑选的抒情诗、歌谣等。他自称为“诗的传奇”的长诗《恩弟米安》，虽有作者不满意的地方，但其中很多章节充盈着丰富奇丽的想象，体现了非凡的诗美，而且此诗引起当时评论界的轩然大波，为后世读者所关注，本应收入，但由于篇幅有限，只好割爱。神话史诗《海披里安》，诗风雄健沉郁，诗艺更为成熟，虽未完成，但有很大代表性，理应收入。因此，这个译本可以说包含了济慈的几乎全部的重要作品。济慈的书信，其重要性不次于他的诗作，但这些书信的价值主要在文艺理论的探讨方面，有别于文学创作，限于体例，未予选收。

《海披里安》故事线索繁多，为使读者阅读方便，译者在诗后附加了“内容概要”。为了方便读者理解，各诗加了脚注。又为了方便读者检索，特别是与原文对照检索，每诗都加了“行码”（译文都是等行翻译）。

为了有助于读者了解济慈的生平，加了一份附录：济慈年表。译者遵循神形兼备的译诗原则，即既要保持原诗的风格美、意境美，也要尽量体现原诗的形式美、音韵美。译诗以汉语的“顿”（每顿中包含一个重读）代替原诗英语的“步”，译文诗行的顿数与原文诗行的步数相等（这方面译者学习了卞之琳先生的经验）。关于韵式，译文几乎全部依照原诗的安排。译者认为，文学翻译不同于文学创作，既然是翻译，就应当把原诗的内容和形式都传达给读者。而且，诗歌的内容与形式是统一的，是相互依存又相互制约的，只有同时传达两者，才能传达全貌。否则，就有违于翻译的根本原则：信。有人认为以顿代步和韵式依原诗的译法会产生“削足适履”或把足拉长以“适履”以及因韵害意的弊端。这不是没有道理的。但译者认为，只要以“一名之立，旬月踟蹰”的精神去苦心求索，惨淡经营，这种弊端是可以尽量避免的。事实上，也不存在一种十全十美的译法。译者愿意不断地进行此种试验，本书就是这种试验的结果。译者将听取意见，总结经验，以利于今后译诗工作的改进。

本书中古希腊罗马神话与传说中姓名的译名，主要参照《希腊罗马神话辞典》（中国社会科学出版社，1984年10月版），个别译名，译者做了变动。

2011年12月

目 录 Contents

颂·十四行诗

抒情诗·歌谣·其他

叙事诗

神话史诗

颂·十四行诗

怠惰颂[①]

一

一早，我看见面前有三个形象，
　他们垂着头，携着手，侧过了脸庞；
一个挨着另一个，举步安详，
　穿着透明的晶鞋，典雅的素装；
他们走过，像石瓮表面的浮雕，
　石瓷转动着，可以看到另一面；
　　他们又来了；石瓮再旋转一程，
翻过来，最初见到的影子又来到；
　我觉得他们很奇特，正如深谙

① 这首诗共有六节，每节十行。原诗每节的韵式是：ababcdecde（第三节的韵式略异，为ababcdedce，第六节的韵式亦略异，为ababcdeced）。但各节之间相同的韵码并非同韵，如第一节之a不与第二节之a同韵，余类推。译文依原韵式，各节均不变。原诗每行均为轻重格五音步，译文每行以五顿代五音步。

菲迪亚斯[1]的艺术者见到了希腊瓶。

二

影子们！我怎么不认识你们？怎么——
　你们这样悄悄地戴着面具来？
这可是暗地里精心装扮的计策
　要偷走我怠惰的时光，再把它丢开
而毫不费力？倦睡的时刻在发酵；
　无忧无虑的云彩在慵懒的夏日
困住我两眼；我脉搏越来越缓慢；
痛苦不刺人，欢乐没鲜花炫耀：
　你们呵，为什么不化掉，让我感知
　　谁也没来干扰我，除了那——虚幻？

三

他们第三次走过，经过时，他们
　每人不时地把面孔转向我片刻；

① 菲迪亚斯（Phidias）：希腊雅典雕刻家，主要活动时期为公元前490至公元前430年。其主要作品为雅典卫城的三座雅典娜像和奥林匹亚宙斯神庙的宙斯像。原作均已无存。

然后退去，我渴望去追随他们，
　苦想生翅膀，我认识他们三个：
第一位，美丽的姑娘，名叫爱情；
　第二位，正是雄心，面色苍白，
　　永远在观察，用一双疲惫的眼睛；
第三位，我最爱，人们骂她越凶狠
　我越爱，是个最不驯服的女孩——
　　我知道她是我的诗歌之精灵。

四

他们退去了，真的！我想要羽翅：
　傻话！什么是爱情？它在哪里？
还有那可怜的雄心！从一个男子
　小小心灵阵发的热病中它跃起；
呵诗歌！——不，她没有欢乐，至少
　对于我，不如午时甜甜的睡眠，
　　不如黄昏时惬意的懒散游荡，
但愿呵，来一个时代，避开烦恼，
　让我永远不知道月缺月圆，
　　永远听不见常理的繁忙喧嚷！

五

他们又来了；——唉！这是为什么？
　　朦胧的梦境装饰了我的睡眠；
我灵魂是一块草地，上面撒满了
　　鲜花，颤动的阴影，折射的光线：
晨空布满了阴云，但没下阵雨，
　　虽然晨睫挂着五月的甘泪；
　　　打开的窗户紧挨着葡萄藤新叶，
让新蕾的温馨和鹈鸟的歌声进入；
　　影子们！时候到了，让我们说再会！
　　　你们的衣裙没沾上我的泪液。

六

再见吧，三鬼魂！你们不能够把我
　　枕着阴凉花野的头颅托起来；
我不愿人们喂我以赞誉，把我
　　当作言情闹剧里一只羊来宠爱！
从我眼前退隐吧，再一次变作
　　梦中石瓮上假面人一般的叠影；
　　　再会！在夜里我拥有幻象联翩，

到白天，我仍有幻象，虽然微弱；
消逝吧，鬼魂们！离开我闲怠的心灵，
飞入云端去，不要再回来，永远！

（1819年3月）

赛 吉 颂①

女神呵！请听这些不成调的韵律——
　由倾心的执着和亲切的回忆所促成——
请原谅，这诗句唱出了你的秘密，
　直诉向你那柔软的海螺状耳轮：
无疑我今天曾梦见——我是否目睹
　长着翅膀、睁着眼睛的赛吉？
我在树林里无思无虑地漫步，
　突然，我竟惊奇得目眩神迷，
我见到两个美丽的精灵相依偎
　在深草丛里，上面有絮语的树叶
　和轻颤的鲜花荫庇，溪水流淌

① 这首诗共五节。第一节十二行，第二节十一行，第三节十二行，第四节十四行，第五节十八行。原诗各节韵式不尽相同，由交韵（ababcdcd）和少数抱韵（abba）和随韵（aabb）构成，还有个别行不押韵。译文基本上依原韵式。

原诗诗行多数为轻重格五音步，个别为轻重格三音步和二音步。译文诗行以五顿代五步、三顿代三步、二顿代二步。赛吉（Psyche）：亦译作普绪克或普赛克，希腊神话中的心灵之神，人类灵魂的化身，以少女的形象出现；与小爱神厄罗斯（Eros）——即罗马神话中的丘比特（Cupid）相爱。本诗中的男孩儿即厄罗斯。

在其间，无人偷窥：

周围是宁静的、清凉的、芬芳的嫩蕊，
蓝色花、银色花，紫色的花苞待放，
他们躺卧在绿茵上，呼吸得安详；
他们的手臂拥抱，翅膀交叠；
他们的嘴唇没接触，也没告别，
仿佛被睡眠的柔腕分开一时，
准备醒后再继续亲吻无数次
在欢爱的黎明睁眼来到的时刻：
带翅的男孩儿我熟悉；
可你是谁呀，幸福的、幸福的小鸽？
他的好赛吉！

啊，出生在最后而秀美超群的形象
来自奥林波斯山[①]暗淡的神族！
蓝宝石一般的福柏[②]减却清芒，
天边威斯佩[③]多情的萤光比输；

① 奥林波斯山（Olympus）：希腊神话中诸神居住的地方。

② 福柏（Phoebe）：希腊和罗马神话中的月神和狩猎女神，又名阿尔特弥斯、狄安娜、辛西娅。

③ 威斯佩（Vesper）：黄昏星，即金星。

你比他们美，虽然你没有神庙，
　　没堆满供花的祭坛；
也没童男女唱诗班等午夜来到
　　便唱出哀婉的咏叹；
没声音，没诗琴，没风管，没香烟浓烈
　从金链悬挂的香炉播散；
没神龛，没圣林，没神谕，没先知狂热，
　嘴唇苍白，沉迷于梦幻。

啊，至美者！你虽没赶上古代的誓约，
　更没听到善男信女的祝歌，
可神灵出没的树林庄严圣洁，
　空气、流水、火焰纯净谐和；
即使在那些远古的日子里，远离开
　敬神的虔诚，你那发光的翅膀
　仍然在失色的诸神间振羽飞翔，
我两眼有幸见到了，我歌唱起来。
　就让我做你的唱诗班吧，等午夜来到
　　便唱出哀婉的咏叹！
做你的声音、诗琴、风管、香烟浓烈，
　从悬空摆动的香炉播散；
做你的神龛、圣林、神谕、先知狂热，

嘴唇苍白，沉迷于梦幻。

是的，我要做你的祭司，在我心中
未经践踏的地方为你建庙堂，
有沉思如树枝长出，既快乐，又苦痛，
代替了松树在风中沙沙作响：
还有绿荫浓深的杂树大片
覆盖着悬崖峭壁，野岭荒山。
安卧苍苔的林仙在轻风、溪涧、
小鸟、蜜蜂的歌声里安然入眠；
在这寂静的广阔领域的中央，
我要整修出一座玫瑰色的圣堂，
它将有花环形构架如思索的人脑，
点缀着花蕾、铃铛、无名的星斗
和“幻想”这园丁构思的一切奇妙，
雷同的花朵决不会出自他手：
将为你准备冥想能赢得的一切
温馨柔和的愉悦欢快，
一支火炬，一扇窗敞开在深夜，
好让热情的爱神进来！

（1819年4月）

夜　莺　颂[1]

我的心疼痛，困倦和麻木使神经
　痛楚，仿佛我啜饮了毒汁满杯，
或者吞服了鸦片，一点儿不剩，
　一会儿，我就沉入了忘川[2]河水：
并不是嫉妒你那幸福的命运，
　是你的欢乐使我过分地欣喜——
　　想到你呀，轻翼的林中天仙，
　　　你让悠扬的乐音
充盈在山毛榉的一片葱茏和浓荫里。
　你放开嗓门，尽情地歌唱着夏天。

哦，来一口葡萄酒吧！来一口

---

① 这首诗共八节，每节十行。原诗各节韵式均为ababcdecde。但各节之间相同的韵码并非同韵，如第一节之a即不与第二节之a同韵，余类推。译文依原韵式。原诗诗行除各节第八行为轻重格三音步外，均为轻重格五音步。译文以五顿代五步、三顿代三步。

② 忘川：希腊神话中的冥府之河，名烈溪（Lethe），鬼魂饮了此河之水，便忘却一切。

长期在深深的地窖里冷藏的佳酿！
尝一口，就想到花神，田野绿油油，
舞蹈，歌人的吟唱，欢乐的骄阳！[①]
来一大杯吧，盛满了南方的温热，
盛满了诗神的泉水[②]，鲜红，清冽，
还有泡沫在杯沿闪烁如珍珠，
把杯口也染成紫色；
我要痛饮呵，再悄悄离开这世界，
同你一起隐入那幽深的林木：

远远地隐去，消失，完全忘掉
你在绿叶里永不知晓的事情，
忘掉世上的疲倦，病热，烦躁，
这里，人们对坐着互相听呻吟，
瘫痪者颤动着几根灰白的发丝，
青春渐渐地苍白，瘦削，死亡；
这里，只要想一想就发愁，伤悲，
绝望中两眼呆滞；

① 歌人：11—13世纪法国南部普罗旺斯地方（与意大利接壤）的行吟诗人或歌者。

② 诗神的泉水：希腊赫立峌山（Helicon，阿波罗和缪斯诸神常居之地）上的泉水，泉名希波克丽涅（Hippocrene），据希腊神话，此泉为飞马之蹄一击，地裂而迸出；饮此泉能获得诗的灵感。

这里，美人保不住慧眼的光芒，
　新生的爱情顷刻间就为之憔悴。

去吧！去吧！我要向着你飞去，
　不是伴酒神乘虎豹的车驾驰骋，
尽管迟钝的脑子困惑，犹豫，
　我已凭诗神无形的羽翼登程：
已经跟你在一起了！夜这样柔美，
　恰好月亮皇后登上了宝座，
　　群星仙子把她拥戴在中央；
　　　但这里是一片幽晦，
　只有微风吹过朦胧的绿色
　　和曲折的苔径才带来一线天光。

我这里看不见脚下有什么鲜花，
　看不见枝头挂什么温馨的嫩蕊，
只是在暗香里猜想每一朵奇葩，
　猜想这时令怎样把千娇百媚
赐给草地，林莽，野生的果树枝；
　那白色山楂花，开放在牧野的蔷薇；
　　隐藏在绿叶丛中易凋的紫罗兰；
　　　那五月中旬的爱子——

盛满了露制醇醪的麝香玫瑰，
　　夏夜的蚊蝇在这里嗡嗡盘桓。

我在黑暗里谛听着：已经多少次
　几乎堕入了死神安谧的爱情，
我用深思的诗韵唤他的名字，
　请他把我这口气化入空明；
此刻呵，无上的幸福是停止呼吸，
　趁这午夜，安详地向人世告别，
　　而你呵，正在把你的精魂倾吐，
　　　如此的心醉神迷！
　你永远唱着，我已经失去听觉——
　　你唱安魂歌，我已经变成一堆土

你永远不会死去，不朽的精禽！
　饥馑的世纪也未能使你屈服；
我今天夜里一度听见的歌音
　在往古时代打动过皇帝和村夫：
恐怕这同样的歌声也曾经促使

路得[1]流泪，她满怀忧伤地站在
　异地的麦田里，一心思念着家邦；
　　这歌声还曾多少次
迷醉了窗里人[2]，她开窗面对大海
　险恶的浪涛，在那失落的仙乡。

失落！呵，这字眼像钟声一敲，
　催我离开你，回复孤寂的自己！
再见！幻想这个骗人的小妖，
　徒有虚名，再不能使人着迷。
再见！再见！你哀怨的歌音远去，
　流过了草地，越过了静静的溪水，
　　飘上了山腰，如今已深深地埋湮
　　　在附近的密林幽谷：
　这是幻象？还是醒时的梦寐？
　　音乐远去了：——我醒着，还是在酣眠？

（1819年5月）

① 路得：据《圣经·旧约·路得记》，路得离开原籍摩押，定居在伯利恒，为波阿斯干活，与之结婚。《旧约》上未写夜莺的歌声，也未写路得流泪。此处均为济慈的想象。

② 窗里人：中世纪的传奇故事中，常常讲美丽的公主被囚禁在海中古堡里，英勇的骑士泅过惊涛骇浪，救出公主，并获得她的爱情。此处济慈想象夜莺的歌声打动了美人的心，使她打开窗户，盼望骑士到来。也可能是指希腊神话中希罗与勒安得的故事。

希腊古瓮颂[①]

你——“宁静”的保持着童贞的新娘，
　“沉默”和漫长的“时间”领养的少女，
山林的史学家，你如此美妙地叙讲
　如花的故事，胜过我们的诗句：
绿叶镶边的传说在你的身上缠，
　讲的可是神，或人，或神人在一道，
　　活跃在滕陂[②]或者阿卡狄[③]谷地？
什么人，什么神？什么样姑娘不情愿？
　怎样疯狂的追求？竭力的脱逃？
　　什么笛，铃鼓？怎样忘情的狂喜？

① 这首诗共五节，每节十行。原诗诗节韵式为ababcdecde。各节有小变化：第一节、第五节为ababcdedce；第二节为ababcdeced。（各节之间相同的韵码并非同韵。）译文各节韵式均为ababcdecde。

原诗各诗行均为轻重格五音步。译文以五顿代五步。

② 滕陂（Tempe）：希腊塞撒利地区一个美丽的河谷。

③ 阿卡狄（Arcady）：古代希腊的一部分，常在牧歌中作为理想牧人的家乡而出现。

听见的乐曲是悦耳，听不见的旋律
　更甜美；风笛呵，你该继续吹奏；
不是对耳朵，而是对心灵奏出
　无声的乐曲，送上更多的温柔：
树下的美少年，你永远不停止歌唱，
　那些树木也永远不可能凋枯；
　　大胆的情郎，你永远得不到一吻，
虽然接近了目标——你可别悲伤，
　她永远不衰老，尽管摘不到幸福，
　　你永远在爱着，她永远美丽动人！

啊，幸运的树枝！你永远不掉下
　你的绿叶，永不向春光告别；
幸福的乐手，你永远不知道疲乏，
　永远吹奏出永远新鲜的音乐；
幸福的爱情！更幸福、幸福的爱情！
　永远热烈，永远等待着享受，
　　永远俘动着，永远是青春年少，
这一切情态，都这样超凡入圣，
　永远不会让心灵餍足，发愁，
　　不会让额头发烧，舌干唇燥。

这些前来祭祀的都是什么人？
　神秘的祭司，你的牛向上天哀唤，
让花环挂满在她那光柔的腰身，
　你要牵她去哪一座青葱的祭坛？
这是哪一座小城，河边的，海边的，
　还是靠山的，筑一座护卫的城寨——
　　居民们倾城而出，赶清早去敬神？
小城呵，你的大街小巷将永远地
　寂静无声，没一个灵魂会回来
　　说明你何以从此变成了芜城。

啊，雅典的形状！美的仪态！
　身上雕满了大理石少女和男人，
树林伸枝柯，脚下倒伏着草莱；
　你呵，缄口的形体！你冷嘲如“永恒”
教我们超脱思虑。冷色的牧歌！
　等老年摧毁了我们这一代，那时，
　　你将仍然是人类的朋友，并且
会遇到另一些哀愁，你会对人说：
　“美即是真，真即是美”——这就是

你们在世上所知道、该知道的一切。[①]

（1819年5月）

① "美即是真，真即是美"：这是古瓮对世人说的，没有问题。但下面的"这就是你们在世上所知道、该知道的一切"，是谁对谁说的？历来学者们有争论，大致有以下几种解释：1.古瓮对世人说的；2.诗人对古瓮说的；3.诗人对古瓮上雕刻的人物说的；4.诗人对读者说的。现在多数学者的意见趋于一致，肯定第一种解释，即这话是古瓮对后世的人（包括读者）说的，口气上也就是前面格言的继续。那么为什么引号只限于"美即是真，真即是美"而不延续到诗末呢？因为一，这是句格言，所以用引号标出；二，济慈用标点有特殊的习惯。企鹅出版社1977年出版的《济慈诗歌全集》（约翰·巴纳德编）就把最后两行都放在引号之内（见该书第346页）。

忧 郁 颂[1]

不呵！不要到忘川[2]去，也不要拧绞
　根深的乌头[3]，把它的毒汁当美酒；
别让你苍白的额头把龙葵野草——
　普罗塞嫔[4]红葡萄的亲吻承受；
别用紫杉的坚果做你的念珠，
　别让甲虫和墓畔的飞蛾变为
　　你忧伤的赛吉[5]别让披羽的鸱鸮
分享你心底隐秘的悲哀愁苦；
　阴影来亲近阴影会困倦嗜睡，
　　会把灵魂中清醒的创痛湮没掉。

---

① 这首诗共三节，每节十行。第一节韵式为ababcdecde，第二节韵式为ababcdecde，第三节韵式为ababcdedce。（各节之间韵码不相同，如第一节之a与第二节之a不同韵，余类推。）译文依原韵式。原诗各行均为轻重格五音步。译文以五顿代五步。

② 忘川：参见本书第012页注②。

③ 乌头：和下面提到的龙葵、紫杉的坚果一样，都是有毒的植物。

④ 普罗塞嫔（Proserpine）：罗马神话中冥界的王后，即希腊神话中的佩耳塞丰（Persephone），以美貌著称。她原是宙斯和得墨忒耳的女儿，在西西里的厄那被冥王哈得斯劫到冥界，被迫为后。

⑤ 赛吉：参见本书第008页《赛吉颂》题注。

但一旦忧郁的意绪突然来到，
　有如阴云洒着泪自天而降，
云雨滋润着垂头的花花草草，
　四月的雾衣把一脉青山隐藏；
你就该让哀愁痛饮早晨的玫瑰，
　或者饱餐海浪上空的虹彩，
　　或者享足姹紫嫣红的牡丹，
若是你钟情的女郎[①]娇嗔颦眉，
　就抓住她的酥手，让她说痛快，
　　并深深品味她举世无双的慧眼

她与“美”共处——那必将消亡的“美”；
　还有“喜悦”，她的手总贴着嘴唇
说再见；令人痛苦的近邻“欣慰”，
　只要蜜蜂啜一口，就变成毒鸩：
啊，就在“快乐”的庙堂之上，
　隐藏的“忧郁”有她至尊的神龛，
　　虽然，只有舌头灵、味觉良好、
　能咬破“快乐”果的人才能够瞧见：
她灵魂一旦把“忧郁”的威力品尝，

① 女郎：指“忧郁”。

便成为她的战利品，悬挂在云霄。

（1819年5月）

秋　　颂[①]

雾霭的季节，果实圆熟的时令，
　你跟催熟万类的太阳是密友；
同他合谋着怎样使藤蔓有幸
　挂住累累果实绕茅檐攀走；
让苹果压弯农家苔绿的果树，
　教每只水果都打心子里熟透；
　　教葫芦变大；榛子的外壳胀鼓鼓
　包着甜果仁；使迟到的花儿这时候
开放，不断地开放，把蜜蜂牵住，
让蜜蜂以为暖和的光景要长驻；
　　看夏季已从粘稠的蜂巢里溢出。

谁不曾遇见你经常在仓廪的中央？

① 这首诗共三节，每节十一行。原诗第一节韵式为ababcdedcce，第二节与第三节韵式为ababcdecdde。（各节之间相同的韵码并非同韵。）译文依原韵式。原诗各行为轻重格五音步，译文以五顿代五步。

谁要是出外去寻找就会见到
你漫不经心地坐在粮仓的地板上，
让你的头发在扬谷的风中轻飘；
或者在收割了一半的犁沟里酣睡，
被罂粟的浓香所熏醉，你的镰刀
放过了下一垄庄稼和交缠的野花；
有时像拾了麦穗，你跨过溪水，
头上稳稳地顶着穗囊不晃摇；
或傍着榨汁机，一刻又一刻仔细瞧，
对滴到最后的果浆耐心地观察。

春歌在哪里？哎，春歌在哪里？
别想念春歌，你有自己的音乐，
当层层云霞使渐暗的天空绚丽，
给大片留茬地抹上玫瑰的色泽，
这时小小的蚊蚋悲哀地合唱
在河边柳树丛中，随着微风
来而又去，蚊蚋升起又沉落；
长大的羔羊在山边鸣叫得响亮；
篱边的蟋蟀在歌唱；红胸的知更

从菜园发出百啭千鸣的高声，

　群飞的燕子在空中呢喃话多。

（1819年9月19日）

咏　和　平[1]

啊，和平[2]！你可是前来祝福
　这被战火包围的岛国[3]土疆？
你的慈容能减轻我们的痛苦，
　能使这三岛[4]王国笑得开朗？

我欢呼你的来临；我也欢呼
　那些伺候你的、可爱的友伴；
让我高兴：让我如愿，满足，
　愿你喜爱这温柔的山林女仙[5]；

凭英国的欢悦，宣布欧洲的自由！

---

① 原诗韵式特殊，前八行用莎士比亚式，后六行用彼得拉克式的变格：abab　cdcd　dde　dee。译文稍作变动，为：abab　cdcd　eff　eef。

② 和平：指拿破仑战争结束。1814年4月，拿破仑宣布逊位。

③ 岛国：指英国。

④ 三岛：指英伦三岛。英国自1801年起称“大不列颠及北爱尔兰联合王国”（1801—1922），包括英格兰、苏格兰、威尔士。

⑤ 山林女仙：指自由女神。

欧洲呵！不能让暴君重来，不能再
让他见到你屈服于从前的状态；

打断锁链！高喊你不是狱囚！
叫君主守法，给枭雄套上笼头！
　恐怖过去后，你的命运会好起来！

（1814年）

致查特顿[①]

查特顿！你的命运竟这样悲惨！
　呵，忧患的宠儿，苦难的爱子！
　你两眼很快蒙上了死的阴翳，
那里，刚闪过天才和雄辩的光焰！

雄浑高昂的歌声很快嬗变，
　没入了断章残篇！黑夜竟如此
　逼近你美丽的早晨！你过早辞世，
暴风雪摧折了鲜花——刚开了一半。

这已经过去。你如今在重霄之上，

① 原诗韵式为彼得拉克式：abba abba cdc dcd 译文依原韵式。（济慈的十四行诗韵式，不每首注明。有代表性的或特殊型的则注明。译文韵式依原诗，有变动时亦注明。）

托玛斯·查特顿（Thomas Chatterton，1752—1770）：英国诗歌史上最短命的天才。他冒充15世纪诗人罗利写出《罗利诗篇》，其中有不少精彩的传奇故事。他的这些诗作虽是伪托，却充分显示出他的才华。他还写有讽刺诗和歌剧。终因穷愁潦倒，在绝望中自杀，卒年十七岁。他被看作英国浪漫主义诗歌的先驱之一，成为英国浪漫主义诗人心目中的英雄。

群星之间：你向旋转的天宇
美妙地歌唱：友善的歌声飞扬，

超越了忘恩的尘世和人间的忧惧。
地上有好心人爱你的名字，不让
贬损，用泪水灌溉你身后的美誉。

（1814年）

致 拜 伦[1]

拜伦！你唱得如此甜蜜而忧伤！
　你让人的心灵同柔情共鸣，
　仿佛悲悯的善心以独特的重音
弹奏痛苦的弦琴，而你在近旁，

记住了这乐调，便不让琴曲消亡。
　阴暗的伤心事没有减弱你令人
　愉快的本性：你给自己的不幸
戴上清光轮，发射出耀眼的光芒；

恰似一朵云遮蔽了金黄的月魄，
　月的边缘浸染着炫奇的辉煌，
琥珀色光线穿过黑袍而透射，

① 乔治·戈登·拜伦（George Gordon Byron，1788—1824）：英国杰出的浪漫主义诗人。济慈写这首诗时十九岁，拜伦二十六岁。显然，拜伦的作品打动了年轻的济慈，受到了济慈的称赞。但济慈对拜伦诗作的看法后来有了变化。参见本书第140页《睡与诗》第二百四十七行的注。

像紫貂玉石上美丽的脉纹流荡；
临别的天鹅呵！请继续歌唱，叙说
迷人的故事，那一份甜甜的悲凉。

（1814年）

写于李·亨特先生出狱之日[①]

当权者喜欢奉承，而贤者亨特
　敢于进忠言，于是被投入牢房，
　他依然自由，如云雀冲向上苍，
他精神不朽，不羁，心胸宽阔。

权贵的宠仆呵！你以为他在等着？
　你以为他只是整天瞧着狱墙，
　等待你勉强用钥匙开锁，释放？
不呵！他高尚得多，也坦荡得多！

他在斯宾塞[②]的厅堂和亭院里徜徉，

① 李·亨特（Leigh Hunt，1784—1859）：由于1813年在《观察家》杂志上发表评论摄政王的文章，被判犯“诽谤”罪，罚款五百镑，监禁两年。亨特在狱中继续写作，主编《观察家》，接受朋友们的探望，其中有穆尔、兰姆姐弟、拜伦。1815年2月2日亨特出狱，济慈曾访问他，向他祝贺。

② 斯宾塞(Edmund Spenser，1552—1599)：文艺复兴时期的英国诗人。作品有《牧人日历》、《爱情小诗》等，主要作品是《仙女王》，充满着人文主义者对生活的热爱，被誉为“诗人中的诗人”。他的作品对后来的英国诗人有深远影响，济慈即其中之一。

　采撷那令人迷恋的鲜花；他随同
勇者弥尔顿[1]向广袤的天宇翱翔：

他的天才正飞向自己的顶峰。
　你们这一帮有一天名裂身亡，
他的美名将长存，谁敢撼动？

（1815年2月）

① 弥尔顿（John Milton，1608—1674）：英国大诗人，政论家，政治家。参加反对王政的资产阶级清教革命。力疾从公，写政论为革命辩护，为此付出重大代价，导致双目失明。王政复辟后一度入狱，丧失了大部分家产。著作有长篇叙事诗《失乐园》《复乐园》《力士参孙》等。

“哦，孤独！如果我和你必须”①

哦，孤独！如果我和你必须
　同住，但愿不住在叠架的一栋
　灰楼里；请跟我一同攀登陡峰，
踏在大自然的瞭望台上，看山谷，

河水亮晶晶，草坡上野花满布，
　像近在咫尺；在荫蔽的枝叶丛中
　我要紧紧守着你，看小鹿跳纵，
使野蜂受惊，从仙人钟花丛飞出。

虽然我愉快地伴着你寻访美景，
　可是同纯洁的心灵亲切交往，
　听精妙思想形成的语言形象，

① 这首诗是济慈公开发表的第一首诗，登在1816年5月3日出版的《观察家》杂志上。

是我心魂的乐事；而且我相信
　这几乎是人类能有的最高乐趣，
　当一双相投的心灵向你奔去。

（1816年1月）

“多少诗人把光阴镀成了黄金”①

多少诗人把光阴镀成了黄金！
　诗杰的神品永远是我的幻想
　得到哺育的养料，美妙的诗章
或质朴，或崇高，使我深思，默吟：

时常，当我坐下来神驰于诗韵，
　那些华章便簇拥进我的心乡：
　但它们没有引起刺耳的扰攘，
只是和谐地汇成动听的乐音。

仿佛积聚在黄昏的无数声响：
　鸟儿歌唱，树叶飒飒地絮语，
　流水潺潺，洪钟沉重地叩出

① 这首诗受到一些评论家的注意。有人指出：此诗之所以使人特别感兴趣，不仅因为它写出了济慈感受到的前辈诗人们以他们的诗美对济慈所施加的影响，而且在于诗中以自然界的比喻暗示了这种影响的品格。

庄严的声音，还有那来自远方
　难以辨认的千种鸣响，合奏出
绝妙的音乐，而不是聒噪喧嚷。

（1816年3月）

给一位赠我以玫瑰的朋友[①]

最近我在欢快的田野上漫步，
　正逢云雀从葱翠的翘摇丛薮里
　掀落颤动的露珠；冒险的骑士
把凹痕累累的盾牌重新高举；

我看到大自然把最美的野花献出：
　新开的麝香蔷薇，它迎着夏季
　吐出最早的甜香；它亭亭玉立，
像仙杖在提泰妮娅[②]手中挥舞。

当我饱餐着它的芳馨的时刻，
　我想它远远胜过园中的玫瑰：
可是，韦尔斯！你的玫瑰给了我，

① 朋友：指恰尔斯·韦尔斯（Charles Jeremiah Wells，1800—1879），英国作家，笔名叫H.L.霍华德（H.L.Howard），是济慈的弟弟托姆的同学。他写过小说《仿照自然的故事》（1822），诗剧《约瑟和他的兄弟们：圣经故事剧本》（1824），后者曾受到诗人罗塞蒂的称赞。

② 提泰妮娅：莎士比亚的喜剧《仲夏夜之梦》中的仙后。

　　我的感官就迷醉于它们的甜美：
它们有亲切的嗓音，柔声地求索
　　平和，不渝的友谊，真理的光辉。

（1816年6月29日）

接受李·亨特递过来的桂冠[①]

一分分，一秒秒，光阴飞逝，既然
　还没有任何超凡的神圣引导
　我的心进入得尔菲[②]迷宫，我就要
抓住那一闪不朽的思想来偿还

我欠这温和诗人[③]的债务，他已然
　把光荣戴上我壮志凌云的额角。
　这简直是一种痛苦：当我意识到
头上有冠冕——这两条桂枝弯弯。

光阴依然在飞驰，梦却绝不似

① 本诗和下一首十四行诗《致姑娘们——她们见我戴上了桂冠》记录了同一事件：一天，济慈在李·亨特家吃饭，饮酒之前，他们突发奇想，要学古代诗人的样子，给自己戴上桂冠。

② 得尔菲（Delphi）：古希腊城市，城中有著名的阿波罗（Apollo）神庙。阿波罗是希腊神话和罗马神活中的重要神祇，主神宙斯（Zeus）和女神勒托（Leto）之子，司阳光、智慧、预言、音乐、诗歌、医药、男性美等之神，主要被奉为太阳神。又名福玻斯（Phoebus）、赫利俄斯（Helios）。

③ 温和诗人：指李·亨特。

　　我想的那样辉煌——我只是看到
世人最珍视的头巾和王冠，以及

　　绝对的王权，都被一一踏倒；
于是我立即产生狂热的猜疑——
　　困惑于这一切可能存在的荣耀。

（1816年6月）

致姑娘们——她们见我戴上了桂冠

这包罗万物的大地上，什么东西
　比桂枝编成的冠冕更可爱？想想。
　也许是围绕月亮的光环——是三双
甜甜的嘴唇在欢乐中漾起的笑意；

也许你会说，是早晨带着露滴
　绽开的玫瑰——或是神翠鸟向海洋
　胸膛上轻轻撒下的一圈细浪；
但是这些个比拟没什么意义。

那么，世界上没东西如此美丽？
　四月的银泪？——五月的青春光焰？
或者，促蝴蝶诞生的六月天气？

　不呵，这些个比拟都不能夺去

我所宠爱的棕榈叶[①]——愿它永远
向你们尊贵的眼睛表示敬意。

（1816年6月）

① 棕榈叶：象征胜利。

"对于一个长住在城里的人"

对于一个长住在城里的人，
　能见到天空明丽而开阔的容颜，
　能在蔚蓝苍穹的微笑下面
低声做祷告，这可是多么舒心！

谁比他更快乐？——他不求非分，
　倦了就躺在波动的青草之间，
　占个惬意的地方，开卷细看
温雅的故事，讲楚楚可怜的爱情。

到傍晚他走回家去，耳朵听着
　夜莺正放开歌喉，眼睛注视
片云裹一身璀璨，在天边驶过，

　他哀悼白天竟这样匆匆流逝：
仿佛天使的一颗泪珠坠落，

滑过明净的太空，默默地消失。

（1816年6月）

给我的弟弟乔治[1]

今天，我已经见到了许多奇迹：
　初升的太阳用亲吻抹去了清晨
　眼里的泪水；头戴桂冠的诗灵们
凭着轻柔的金黄色晚霞斜倚；

湛蓝的海洋，无边无际，负载起
　船只，巉岩，洞穴，忧惧和憧憬，——
　发出神秘的海语，谁听见这声音
就想到悠悠的未来，滔滔的过去。

亲爱的乔治！现在，我给你写这些，
　而月神[2]——正从丝幔里向外稍稍

① 原诗韵式为彼得拉克式与莎士比亚式的混合型：abba abba cdcd ee，译文依原韵式。乔治·济慈（George Keats，1797—1841），济慈的大弟，生于1797年2月28日。乔治后来于1818年6月携新婚的妻子离开英国去了美国。1841年12月24日，乔治因肺病死于美国。

② 月神（Cynthia）：亦译作辛西娅，希腊神话和罗马神话中的月神和狩猎女神，又名阿耳特弥斯（Artemis）、狄安娜（Diana）、福柏（Phoebe）。

窥视，仿佛恰逢她新婚的良夜，
　她正在欢悦的半途，沉醉逍遥。

可是，若没有跟你的思想交流。
天空和海洋的奇迹于我何有？

（1816年8月）

初读恰普曼译荷马史诗[1]

我曾经旅行过许多黄金的邦土[2]，
　见到过许多州郡和王国美好；
　我还曾经居住在西方的诸岛[3]——
那曾被诗人们献给阿波罗的岛屿。

我时常听人说起那广袤的疆域——
　荷马的领土，在那里他蹙额思考，
　但只有恰普曼发了言，慷慨高蹈，
我才吸到了那里的清气馥郁。

于是我自觉仿佛守望着苍天，

---

① 原诗韵式为abba abba cdc dcd，译文略有变动，为abba abba cdc ede。

恰普曼（George Chapman，1559–1634）：英国诗人，戏剧家，翻译家。他译的荷马史《伊利亚特》和《奥德赛》，气魄宏大，是一个很大的成功。济慈不懂希腊文，读后仿佛发现了一个新的天地，写了这首著名的十四行诗。

② 黄金的邦土：指文艺王国，国王是阿波罗（希腊神话中太阳神，同时主管光明、青春、诗歌、音乐、医药等）。

③ 西方的诸岛：指英伦三岛，借指英国诗歌。

　　见一颗新星向我的视野流进来，
或者像壮汉柯忒斯[1]，用一双鹰眼
凝视着太平洋，而他的全体伙伴们
　　都面面相觑，带着狂热的臆猜——
站在达连的山峰上，屏息凝神。

（1816年10月）

① 柯忒斯（Hernando Cortez，1485—1547）：西班牙殖民者，1518年率探险队赴美洲大陆开辟新殖民地，1523年征服墨西哥。但发现太平洋的不是他而是巴尔波亚（Vasco Nunez de Balboa，1475—1519）。他于1510年带西班牙远征军到中美洲，三年后在达连地峡（即巴拿马地峡，为中美洲最狭的地带，北面为加勒比海—大西洋，南面为巴拿马湾—太平洋）的一座山峰上见到了他所要寻找的西方的大海—太平洋。

“刺骨的寒风阵阵，在林中回旋”①

刺骨的寒风阵阵，在林中回旋，
　低鸣，树叶一片片枯萎，凋零；
　天上的星星看上去那么冷峻，
而我呀还有多少里路程要赶；

但我没感到天气肃杀，严寒，
　没听到枯叶萧飒，窸窣有声，
　没留意高空星焰如盏盏银灯，
没觉着离温暖的家有多么遥远；

因为我心中溢满了深情厚谊，
　是在小小的村舍里觅得；我看见
银发的弥尔顿[2]说不尽多少忧悒，

① 这首诗写的是诗人对好友李·亨特的一次造访。他们在亨特的小村舍里畅谈他们倾心的大诗人弥尔顿和彼得拉克。

② 弥尔顿：参见本书第034页注①。

把挚爱向溺水的好友里西达斯呈献[1]
可爱的劳拉[2]身穿淡色的绿衣，
忠诚的彼得拉克[3]头戴光荣的桂冠。

（1816年10月）

---

① 弥尔顿在剑桥大学的同窗好友爱德华·金早年溺水而死，弥尔顿曾写挽诗《里西达斯》以志哀悼。诗中的里西达斯即爱德华·金。

② 劳拉：意大利诗人彼得拉克年轻时所倾心的少女，是诗人的《歌集》中的主人公。

③ 彼得拉克（Petrarch，1304—1374）：意大利文艺复兴时期的重要诗人，其主要作品是收录了三百多首十四行诗的《歌集》。他的创作实践使十四行诗达到较完美的境界，成为西方诗歌的一种重要体裁。

一清早送别友人们

给我支金笔，让我倚傍着一丛
　鲜花异卉，在遥远、圣洁的仙乡，
　给我白纸，比星星更莹白晶亮，
不然就给我天使的素手，好拨弄
天堂里竖琴的银弦，奏圣乐赞颂：
　让缀满珍珠的彩车悄然来往，
　载着飘动的鬓发，钻石瓶，红罗裳，
半露的翅膀，流盼的美目匆匆。

让仙乐悠扬，缭绕在我的耳际，
　当美妙的乐章到达终曲的时辰，
　　让我写出高雅典丽的诗句，

描绘重霄之上的种种奇迹：
　我的灵魂在攀登凌霄的高峰！

它不会这样快就甘愿忍受孤独。

（1816年10—11月）

给我的两个弟弟[①]

新添的煤里乱舔着小小的火舌，
　微弱的爆裂声轻轻爬过岑寂，
　像冥冥之中的家神语声细细，
守护着兄弟友爱的温馨王国。

正当我上天入地把诗韵搜索，
　你们的眼睛，像睡在诗的梦里，
　凝视着这部传说，它雄辩，奥秘，
宽解着我们的烦忧，当夜幕垂落……

今天是你的生日，托姆[②]，我高兴
　这一天过得宁静，过得平安。
愿我们共度多少个这样温馨

① 原诗韵式为彼得拉克式：abba abba cdc dcd，译文悉依原韵式。

② 托姆：即托玛斯·济慈（Thomas Keats，1799—1818），济慈的二弟。济慈写此诗的这天是托玛斯十七岁的生日。两年后的12月第一周，托玛斯死于肺病。

低语的夜晚，安恬地品尝世间
真正的欢乐，直到那伟大的声音
和颜悦色地召唤我们上天。

（1816年11月18日）

致海登[①]（一）

高尚的情操，渴念着嘉言懿行，
　衷心倾慕伟大人物的美名，
　往往与默默无闻的百姓为邻，
身居陋巷，或人迹罕至的树林：

我们认为不懂世事的天真
　却常常具有“锲而不舍的精神”，
　这使高利贷商贾、可怜的一群
感到惊异，羞赧，无颜见人。

意志坚强的天才，献身于理想，
　勇敢地劳作，赢得了无上的荣耀！

① 海登（Benjamin Robert Haydon，1786—1846）：英国画家。1816年11月，济慈经介绍认识海登。本诗是济慈第一次会见海登后写赠的。海登对艺术的热烈追求对济慈产生了深刻的影响。海登深信历史画对国民具有教育意义，把一生献给了巨幅历史画的创作。他秉性耿介、刚烈，与学院派发生激烈争吵。他的画无人购买，但他仍坚信自己的才能。他负债累累，最后发现自己不适应生存的斗争，自杀身亡。死后出版的《自传和日记》使他声名大噪。

不屈的志士，威慑住嫉妒和中伤，

　使它们丑态毕露，有什么不好？
无数颗良心都在默默地赞扬，
　在人们心目中，他是祖国的骄傲！

（1816年11月）

致 海 登（二）

几个伟大的灵魂[1]寄寓在大地上；
　一个属于云彩，湖泊，急湍，
　精神抖擞，在赫尔韦林山[2]巅，
从天使的翅膀取得常新的力量；

一个属于玫瑰，紫罗兰，春光，
　友好地微笑，为自由而身系铁链，
　看啊！他如此坚定，决不采选
一声低于拉斐尔[3]耳语的音响。

还有另一些灵魂站在一旁，
　站在属于未来的时代的额前；
他们会赋予世人另一颗心脏，

① 几个伟大的灵魂：指华兹华斯、亨特、海登。
② 赫尔韦林山：在英国北部，高3188英尺。
③ 拉斐尔（1483—1520）：意大利文艺复兴时的伟大画家。

另一种脉搏。你们难道没听见
人间市场上大声的嘈杂喧嚷？[①]
普天下各族呵，听听吧，不必开言。

（1816年11月）

① 第十三行有不同版本，译者根据《哈佛古典文学系列·英国诗歌卷》译出。

厌于世人的迷信而作

教堂的钟声阵阵，阴郁地敲响。
　召唤人们沉湎于另一种祈祷，
　另一种幽冥，更加悲惨的烦恼，
专注于倾听布道者可怖的宣讲。

无疑，人的头脑已经被捆上
　恶毒的符咒；只见他们都抛掉
　炉边的欢悦，舍弃温雅的歌调，
跟心地高尚的人们断绝来往。

钟声不停地敲响，我感到阴凉——
　那是坟里的寒气；我岂不明白
那些人如残灯将灭，正挨近死亡；

他们一声声叹息着，哀唤着，走向
　永远的沉沦；——而世上鲜花会盛开，

壮丽不朽的事物会接踵而来。

（1816年12月24日）

蝈蝈和蟋蟀①

大地的歌吟永远也不会消亡：
　尽管烈日下小鸟们晒得发晕，
　躲进了清凉的树荫，却有个嗓音
越重重篱笆，沿新割的草场飞扬；

那是蝈蝈的嗓音，他带头歌唱
　盛夏的富丽豪华，他的欢欣
　永无止境；他要是吟倦兴尽，
就到愉快的小草下休憩静躺。

大地的歌吟永远也不会终了：

① 原诗韵式为：abba abba cde cde，译文依原韵式，但a与d同，因而成为：abba abba cad cad。

1816年12月30日，冬晚，二十一岁的诗人济慈与友人李·亨特、克拉克（Charles Cowden Clarke）共坐一室，听炉边蟋蟀高鸣。亨特建议，他和济慈即席以蝈蝈和蟋蟀为题材各写十四行诗一首，由克拉克计时。济慈同意。结果济慈先交卷，就是这首名诗。亨特的诗把蝈蝈和蟋蟀写成两个“可爱的表兄弟”，但远逊于济慈的这首。

在冬天落寞的傍晚，眼看严霜
　把一切冻入静寂，忽然从炉边

扬起蟋蟀的高歌，而炉温渐高，
　听的人慵倦欲睡，迷离惝恍，
　　仿佛听到蝈蝈吟唱在草山。

（1816年12月30日）

致柯斯丘什科[1]

柯斯丘什科呵！你的伟大的名字
　是一次丰收，贮满了高尚的感情，
　在我们听来，它是宏伟的钟声
来自广宇——一种永恒的调子。

此刻它告诉我，在那未知的世界里，
　英雄们的名字爆出来，冲破阴云，
　化为音乐，永远悄悄地奏鸣，
回荡在无云的碧空，缭绕在星际。

它还告诉我，在一个快乐的日子里，
善良的精灵在世上行走之际，

① 此诗原韵式为：abba abba cde dce，译文小有变动，为：abba abba aac aac。

柯斯丘什科（Kosciusko，1746—1817）：波兰民族解放运动领导人之一。曾参加北美独立战争，屡建战功；领导反对俄、普瓜分波兰的克拉科夫民族起义，建立革命政权（1794），兵败被俘。后流亡英、法、美，死于瑞士。

你的、阿弗烈德[1]的、往古时代

伟人的名字融合起来，随即
惊人地诞生出嘹亮的赞歌，远远地，
远远地飘向上帝居住的所在。

（1816年12月）

① 阿弗烈德（Alfred the Great，849—899）：英格兰西南部韦塞克斯王国国王，在位期间率军击败丹麦入侵者，曾下令编纂法典和《盎格鲁-撒克逊编年史》。

给 G. A. W.[1]

低眉微笑和斜送秋波的少女！
　在一天之中哪个神妙的一瞬
　你显得最为可爱？是当你身临
甜蜜交谈的忘我境界之时？

或是当你不由自主地神往于
　宁静的思索之际？或是穿一身
　睡袍奔出去迎接灿烂的早晨，
你一路欢跃，却不踩鲜花嫩枝？

或许你张着可爱的红色嘴唇
　不闭拢，专心谛听时，最娇美可人。
但你被塑造得如此完美聪颖，

① 原诗韵式为彼得拉克式：abba abba cdc dcd，译文韵式依原诗，但b与c同，b、c与d同，故译文韵式实际上是：abba abba bbb bbb。

G. A. W. ：乔治安娜·奥古斯塔·威利（Georgiana Augusta Wylie）的缩写。她后来于1818年6月成为济慈的弟弟乔治·济慈的妻子。

哪一种情态最好我实在说不清。
正如在阿波罗面前美惠三女神[1]
舞蹈时谁最灵巧我同样道不明。

（1816年12月）

① 美惠三女神（Graces）：又名卡里忒斯（Charites），是姐妹三人，即代表喜悦的欧佛罗叙涅（Euphrosyne），代表荣华的塔利亚（Thalia），代表光明的阿格莱亚（Aglaia），合称美惠三女神。她们都是宙斯的女儿。

“啊！我真爱——在一个美丽的夏夜”①

啊！我真爱——在一个美丽的夏夜，
　当霞光注向金灿的西天长空，
　银亮的白云静倚着温馨的西风——
我真愿远远地、远远地抛开一切

鄙吝的念头，向小忧小怨告别，
　把愁结暂解；优游地寻访追踪
　芬芳的花野，美丽的造化天工，
在那里把灵魂诱向忘情的喜悦。

在那里叫忠肝义胆暖我的心胸，
　思念弥尔顿②的命运，锡德尼③的灵柩，

① 原诗韵式为：abba abba cde cde，译文在后六行中略有变动，为：abba abba bcb dcd。

② 弥尔顿：参见本书第034页注①。

③ 锡德尼（Sir Philip Sidney, 1554—1586）：英国诗人，学者。1585年被委任为荷兰海岸行省弗拉辛的总督，1586年他指挥了与西班牙船队作战的聚特芬战役，身负重伤，旋即牺牲。

让他们刚正的形象立在我心中：

也许我展开诗歌的翅膀高飞，
　当悠扬的哀愁蛊惑我眼睛的时候，
我会一次次掉下甘美的泪水。[①]

（1816年）

① 最后两行中，用听觉形容词“悠扬的”修饰抽象的“哀愁”，用味觉形容词“甘美的”修饰具体的但实际是咸味的“泪水”，是一种特殊的通感表意手法。

“漫长的严冬过去了，愁云惨雾”

漫长的严冬过去了，愁云惨雾
　不再压向平原，从温煦的南方
　绽出明媚的晴天，病态的天空上
一切刺眼的污渍被涤荡清除。

从痛苦中复苏的日月心切，终于
　收回了失去的权利：五月风光，
　眼睑逗弄着即将逝去的冰凉，
像玫瑰花瓣逗弄夏雨的跳珠。

宁静的思绪涌起，使我们想到
　花绽——果实悄悄地成熟——秋阳
向着黄昏里静静的禾束微笑，——

萨福[1]的嫩腮，——熟睡婴儿的呼吸，——
计时的沙漏里慢慢渗下的沙粒，——
林中的小溪，——一位诗人的死亡。

（1817年1月31日）

① 萨福（Sappho）：古希腊女诗人，大约生于公元前612年。曾被比作女诗人中的荷马，比作第十位诗歌女神缪斯。她的抒情诗有极高的艺术成就。

写在乔叟的故事《花与叶》[1]的末页上

这个动听的故事像一座小树林：
　甜美的诗句如鲜绿的枝叶交缠，
　读者在这方天地里流连忘返，
走走停停，心里充满了热情；

他感到颗颗凉凉的露珠清滢
　几次意外地落上自己的颜面，
　凭着流荡的鸟鸣他留心寻探
细脚的红雀跳向哪一条幽径。

啊！澄净的单纯有这等力量！
　温雅的故事有如此动人的魅力！
　我虽然长久渴望着得到荣誉，

① 原诗韵式为：abba abba edd cee，译文依原韵式。

《花与叶》，15世纪英国的一部寓言诗，共595行。被认为是乔叟（Geoffrey Chaucer，约1343—1400，文艺复兴时期英国文学的奠基人，人称“英国诗歌之父”）的作品。

此刻却满足地躺在草地上，就像
那两个孩子，啜泣着，无人理会，
只有知更鸟听着，黯然伤悲。[①]

（1817年2月）

① 末二行可能暗示英国古代民歌《林中孩子》的故事：诺福克郡的一个乡绅临终时将一子一女托付给其弟照顾。其弟图财害命，雇用两个歹徒将两个孩子诱入森林企图杀掉。歹徒之一心肠较软，不忍下手，便杀了同伙，把两个孩子留在林中。孩子饿死。知更鸟用树叶埋葬了两个孩子。活着的歹徒最后自首，于是那凶恶的叔父受到严惩。

初见额尔金石雕有感[1]

我的心灵太脆弱了——催命的无常
　沉重地压着我，像无可奈何的睡眠，
　一件件苦心的结构、想象的峰巅、
超凡的艺术都告诉我：我必将死亡，

像患病的鹰隼，只向着高空怅望。
　然而哭泣又未免奢侈了，尽管
　我不能驾着云端的清风到天边
去保住那睁开眼睛的鲜丽晨光。

① 原诗韵式为：abba abba cdc dcd，译文依原韵式，但a与d同，所以实际上是：abba abba cac aca。

额尔金勋爵于1806年把雅典帕尔特农神庙中的大理石雕像及大理石柱的中楣劫回英国，1816年英国政府购买了这些石雕，置于大英博物馆中。这些文物被称作额尔金石雕。——法国大作家维克多·雨果在1861年11月25日致友人布特勒上尉的信中愤怒抨击野蛮的英法联军于1860年10月对中国圆明园纵火洗劫的强盗行径时，提到额尔金父子的丑行。老额尔金（托马斯·布鲁斯）即上述额尔金勋爵，曾参与劫掠帕尔特农神庙的文物，其子小额尔金（詹姆斯·布鲁斯）则是火烧圆明园的罪魁之一。

济慈初次见到这些被时间剥蚀的希腊艺术品，在这首诗中写下了他的强烈的、复杂的、细致而微妙的心理反应。

这样的惨淡经营，鬼斧神工，
　带给我的心以争斗，不可名状；
这些珍奇直使人目眩心痛——

　希腊的壮观熬过古老的时光
无情的毁损——它带来海浪的汹涌——
　也带来太阳——一抹雄伟辉煌。

（1817年3月）

献　　诗[1]

——呈李·亨特先生[2]

壮美和柔美都已经过去，消散；
　因为当我们漫游时，迎着朝晖，
　我们见不到袅袅的炉香飘飞——
飞向东方，去迎接微笑的白天：

见不到快乐的少女们成群结伴，
　歌声婉转，带着一篮篮谷穗、
　石竹花、玫瑰、紫罗兰，要去点缀
那迎来早春五月的万花神[3]圣坛。

可仍然有着诗歌这样的乐趣，
　我将借此感到生来有福气：

① 原诗韵式为：abba abba cdc dcd，译文韵式依原诗而略有变化：abba abba cdd cdd。

这首诗印在济慈的第一部作品《诗集》卷首，出版于1818年3月。

② 李·亨特：参见本书第033页题注。

③ 万花神（Flora）：亦译作佛洛拉，古罗马宗教所信奉的女性花神。英国的地理位置偏北，伦敦处于北纬51度，春季来得较迟。

在一个时期，我受林木的荫蔽，

虽然找不到牧神，可惬意的葱郁
我却感觉到，这样，我能够请你
哂纳这一份微不足道的献礼。

（1817年3月）

咏 大 海[①]

大海发出永恒的絮语，涤荡
　荒凉的海岸，猛涨的海潮涌入
　千岩万穴，直到赫卡忒[②]以咒语
给一切岩洞留下幽深的空响。

大海也常常变得温和，安详，
　最小的贝壳偶尔落脚到一处，
　好几天不会由浪涛挪动一步，
脱缰的天风这些天暂时收缰。

哦！若是你眼睛受惑，倦慵，

① 原诗韵式为：abba abba cde dec。

译文韵式有小变动，为：abba abba cac aca。1817年4月17日，济慈写信给友人雷诺兹，信中写有这首诗。从这封信中可以看出，济慈于前一日（4月16日）看到海边的种种景色而受到感染，同时受到莎士比亚《里亚王》的启示，于是写了这首咏大海的十四行诗。

② 赫卡忒（Hecate）：希腊神话中的月亮、大地和冥界女神，也是魔法和巫术女神。

　那就去饱看大海的恣肆汪洋；
哦！若是你耳朵被喧哗震聋，

　或者听腻了多少演奏歌唱，——
那就去坐在岩洞口，冥想种种……
　再惊起，恍若海仙女歌声悠扬！

（1817年4月）

咏勒安得画像[1]

来吧，可爱的姑娘们，沉着地来到，
　让你们带着睫帘的眼睑微启，
　放出深藏的目光，向下面凝视，
把白皙的手儿柔顺地携在一道，

仿佛这样温良，你们会见不着
　你们美貌的牺牲者，还没有触及，
　便变做年轻的鬼魂，沉到黑夜里，——
心神迷乱地沉入荒海的波涛：

是青年勒安得，正奋力游向死亡；
　近乎癫狂，他要把疲倦的嘴唇
　　印上希罗的面颊，以微笑迎微笑。

① 据加罗德（H.W.Garrod）编的牛津版《济慈诗歌全集》，此诗题为《咏好友雷诺兹小姐赠我的勒安得画像》。勒安得（Leander）：希腊神话中，青年勒安得每夜泅渡赫勒斯滂海峡（即达达尼尔海峡）去与情人希罗（Hero）相会，最后一次，希罗的灯熄灭，勒安得溺毙在海里。希罗找到他的尸体后，投海而死。

　可怕的梦呵！看他的身体死沉，
没入水里，一瞬间肩臂亮一亮：
他去了；求爱的呼吸全化为水泡！

（1817年8月）

“英国多快乐！我感到由衷满意”

英国多快乐！我感到由衷满意：
　见英国一片葱茏，胜过他乡；
　听轻风吹过英国的高树林，低唱
古老的传说，别的风怎能相比！

但有时我仍恹恹地想去寻觅
　意大利天空，内心叹息着渴望
　把阿尔卑斯山峰当王座来坐上，
而浑然忘却尘世的追名逐利。

英国多快乐！女孩们天真烂漫：
　叫我心醉呀，她们纯朴，动人，
　　伸出雪白的胳臂默默挽着你：

但我仍热情如燃，时常想见见
　眼含深情的丽人们，听她们歌吟，

同她们一起游向仲夏的清溪。

（1817年）

坐下来重读《里亚王》有感[1]

金嗓唱出的传奇呵，诗琴的清歌！
　美丽、披羽的赛人[2]，仙乡的女王！
　在这个冬日，收起你歌声悠扬，
合上你古老的书页，请保持缄默。

再会！我得再次燃烧着经过
　诅咒和热烈人生间残酷的冲撞，
　我得再次谦卑地仔细品尝
莎士比亚这又苦又甜的鲜果。

---

① 这首诗原韵式特殊，是彼得拉克式与莎士比亚式的混合型：abba abba cdcd ee。

译文依原韵式，但a与d同，c与e同，故实际是：abba abba caca cc。

济慈在修订自己的诗传奇《恩弟米安》的中途，停下来，再次阅读莎士比亚的伟大悲剧《里亚王》。

② 赛人（Siren）：或译作塞壬、莎琳，希腊神话中半人半鸟的海妖，常以美妙的歌声诱惑经过的海员而使航船触礁毁灭。这里，“赛人”暗示济慈感到“传奇”正在诱惑自己离开诗人的主要责任而去应付“人类心灵深处的痛苦和撞击”（参阅本书第133页济慈《睡与诗》第124—125行）。

一代诗宗！阿尔比安[①]的青云！
　我们深刻而永恒的主题之肇始者！
我将深深地进入这古老的橡树林[②]，
　不要让我在幻梦里空手漂泊：

等我在火中烧成灰，请给我以新生
凤凰[③]的翅膀，我可以随心飞行。

（1818年1月22日）

① 阿尔比安（Albion）：英国的凯尔特语古称。《里亚王》的时代背景正是凯尔特族的不列颠。“一代诗宗”称莎士比亚。第9—14行：对莎士比亚说话。

② 古老的橡树林：既指《里亚王》，也指诗传奇《恩弟米安》。

③ 凤凰（Phoenix）：埃及神话中阿拉伯沙漠的不死鸟，相传此鸟每五百年自行焚死，然后从灰烬中再生。

“我恐惧，我可能就要停止呼吸”①

我恐惧，我可能就要停止呼吸，
　而我还没录下我的丰富的思想，
还没能像谷仓那样，使稿本山积，
　在字里行间把成熟的谷粒收藏；

我见到大块云，高贵传奇的象征，
　在繁星闪烁的夜的面孔上现出来，
我自觉不久于人世，将不再可能
　点铁成金地描绘那云块的异彩；

① 这首诗最初出现于济慈1818年1月31日给雷诺兹的信中，是济慈采用莎士比亚韵式（abab cdcd efef gg）写成的十四行诗的第一例。济慈总共写了六十一首十四行诗。其中三十九首采用彼得拉克韵式（亦称意大利韵式），即前八行（分两节）为抱韵：abba abba，后六行（分两节）用二或三个韵，但不以偶韵结束（除个别例外，如《坐下来重读〈里亚王〉有感》）。十六首采用莎士比亚韵式（亦称英国韵式），即前面十二行（分三节）为交韵：abab cdcd efef，最后两行为随韵（亦称偶句）：gg。另外几首的韵式是实验性的，如《如果英诗必须受韵式约束》即是济慈想突破上述两种韵式的实验。译文基本上依原韵式，只是在某些彼得拉克韵式的后六行中稍作灵活处理。济慈的十四行诗在节奏上全部是轻重格五音步，译文以五顿代五步。

我感到——你瞬息即逝的天生佳丽！
　我将永远不可能再向你凝视，
再在那没有回音的爱情的魅力里
　陶醉沉沦；——于是，我一人独自

站立在广大世界的涯岸上，思考……
等爱情和名誉沉降为虚无缥缈。

（1818年1月）

给——[1]

自从我陷入了你的美貌的网罗，
　被俘于你那脱去了手套的裸手，
时间的海潮经历了五年的涨落，
　漫长的时辰反复地渗过了沙漏。

可是，如今我只要仰望夜空，
　依然会见到记忆中你的目光；
我只要见到玫瑰花瓣的嫣红，
　我的灵魂就飞驰到你的颊上。

我只要一眼看见鲜花初绽，

[1] 原诗韵式是莎士比亚式的：abab cdcd efef gg，译文依原韵式，但d与f同，故实际上是：abab cdcd eded ff。

据说这首诗是写给一位小姐的，作者曾在福克斯霍尔见过她几分钟。这首十四行诗在情绪构架的韵律处理上，在逐渐增强的乐感上，都极似莎士比亚十四行诗。罗伯特·布里吉斯（Robert Bridges）说，这首诗“简直就像是出自莎士比亚的手笔”。这首诗是一个例证，说明济慈具有与莎士比亚的天才极为接近的艺术感应力。

　我深情的耳朵就幻想在你的唇旁
等着听一声爱的言语，饱餐
　它的甘美而沉入错觉：你已让

甜蜜的回忆冲淡了所有的喜悦，
你给我心中的欢乐抹上了悲切。

（1818年2月4日）

致斯宾塞[1]

斯宾塞！有一个你的妒羡的崇拜者，
　隐居在你的园林深处的幽人，
昨晚他要求我答应精心写作
　一篇英文，使你的耳朵喜欢听。

可是，灵异的诗人呵！我无能为力——
　一个在冬日大地上长住的子民
不能像太阳神伸展火焰的羽翼，
　用黄金羽管笔写一篇欢乐的早晨。

他也不可能一下子摆脱苦役，
　把你的精神鼓励承受下来：
只有吸足了土壤的天然液汁，
　鲜艳的花朵才能够怒放盛开：

① 斯宾塞，参见本书第033页注②。

到夏天来同我做伴吧，为了敬重你，
也为了取悦他[①]，我愿意试试我的笔。

（1818年2月5日）

① 他：可能指李·亨特。

人的季节[1]

一年之中，有四季来而复往；
　人的心灵中，也有春夏秋冬：
他有蓬勃的春天，让天真的幻想
　把天下美好的事物全抓到手中；

到了夏天，他喜欢对那初春
　年华的甜蜜思维仔细地追念，
沉湎在其中，这种梦使他紧紧
　靠近了天国：他的灵魂在秋天

有宁静的小湾，这时候他把翅膀
　收拢了起来；他十分满足、自在，
醉眼蒙眬，尽让美丽的景象
　像门前小河般流过，不去理睬。

① 这首诗最初发表于李·亨特的《文学袖珍本》（1819年）。济慈于1818年3月18日给友人贝莱（Bailey）的信中写有这首诗。

他也有冬天，苍白，变了面形；
不然，他就超越了人的本性。

（1818年3月）

访彭斯墓①

这座小镇，教堂的墓园，圆顶山，
　这云雾、树木、夕阳，虽然美丽，
　却显得寒冷、陌生，像是在梦里，
很久前梦见过，现在我重新梦见。

短促而苍白的夏季只是从冬天
　凛冽的寒战中争来的片刻闪熠；
　星星都暗淡无光，尽管像蓝宝石：
一切都是冷的美；痛苦没有完：

谁能聪慧如弥诺斯②，用心去品尝
美的实体，不让病态的想象
　伴同虚弱的傲气向美的领域

① 此诗原韵式为：abba abba cde dec，译文略有变动，为：abba abba ccd cdd。彭斯（Robert Burns，1759—1796）：苏格兰杰出的农民诗人，英国浪漫主义诗歌的先驱。

② 弥诺斯（Minos）：希腊神话中克里特岛之王，宙斯和欧罗巴所生之子，秉公治国，死后为冥府二法官之一。

投掷灰黑和惨白！彭斯！我一向
　尊重你，敬爱你。伟大的诗灵呵，隐去
　你的脸吧；我冒犯了你故乡的天宇。[①]

（1818年7月1日）

① 正在苏格兰旅行的济慈于1818年7月1日把这首诗寄给他的弟弟托姆，并在信中写道："彭斯墓在教堂墓园的一角，而显得不太合我的口味，但规模大，显示人们对他的崇敬。我写这首十四行诗时处于一种奇特的心境，半睡眠状态。不知怎的，我觉得那云、天空、房屋，一切都违反希腊风格和查理曼风格。"

写于彭斯诞生的村舍[①]

这个寿命不过千日的身躯，
　彭斯呵！此刻进入了你的房屋，
在这里，你曾梦想过花的山峪，
　浸在幸福中，忘掉了多舛的命途！

你的威士忌使我的热血滚翻，
　我向你，伟大的诗魂，碰杯祝愿，
我头晕，目眩，仿佛什么也看不见，
　幻想失灵了，醉倒在它的终点；

可是，我还能站在你的地板上，
　我还能打开你的窗子去寻觅
你曾经一遍又一遍踏过的牧场——

① 此诗原韵式为莎士比亚式：abab cdcd efef gg，译文依原韵式，但a与b同，c与d同，a又与f同，故实际上是：aaaa bbbb cdcd aa。

济慈在1818年7月13日从苏格兰写给他弟弟托姆的信中描述了他和布朗访问彭斯家乡的情景，并说："……然后我们前往彭斯诞生的村舍……我决定在这村舍里写一首十四行诗——我写了——但写得太差，我不敢附上。"

我还能殚精竭虑地思考、想念你——

我还能痛饮一大杯为你祝福，
在幽冥中微笑吧，这正是你的美誉！

（1818年7月）

致艾尔萨巨岩①

听着！你金字塔般的海上巉岩，
　请回答，用你海鸟呼啸的高嗓：
　你额上还不见阳光，你的肩膀上
还披着巨浪，那是在何月何年？

多久了——自从大自然使你剧变，
　从深海的梦境升到半空的睡乡？
　你睡吧，枕着雷电，倚着阳光，
让灰色云片做你冰冷的被单。

你不回答，因为你睡得死酣；

---

① 原诗韵式为彼得拉克式：abba abba cdc dcd，译文依原韵式，但a与c同，故实际上是：abba abba aca cac。

1818年7月济慈和布朗在苏格兰旅行时经过西部海岸，见到海上巨岩艾尔萨。济慈在给他的弟弟托姆的信中写道："……我们慢慢攀登，最后到达群山的顶峰，一瞬间，我们见到了海上的艾尔萨巨岩，高出海面940英尺，离我们15英里远，但看上去很近。海上的奇特景观连着我们立足的地方所造成的艾尔萨形象，以及正在下的蒙蒙细雨，给予我一个十足的洪水泛滥的印象。艾尔萨非常突然地抓住了我，我真有点儿吃惊。"这首十四行诗于7月10日在格尔文的旅店里写成。

　　你一生是先后两个死寂的永恒——
后来在半空，先前在海底深渊；

　　先挽着海鲸，后伴着天际的苍鹰——
一次地震把你耸出了海面，
　　再震也震不醒你这岩石的巨灵！

（1818年7月10日）

写于本·尼维斯山巅①

缪斯呵！在云雾缭绕的尼维斯山巅，
　给我上一堂课吧，请你高声讲！
我下窥巨壑，只见氤氲的烟岚
　覆盖着深谷，我知道这样子正像

人类心中的地狱；我仰望上面，
　上面是愁云惨雾，人类对天堂
描述的也就是这样；尘雾正布满
　在我下面的大地之上，像这样——

人看自己也像是这样的朦胧！
　这里，我的脚下是嶙峋的山石，

① 原诗韵式为莎士比亚式：abab cdcd efef gg，译文依原韵式，但a与c同，b与d、g同，故实际上是：abab abab cdcd bb。

本诗作于1818年8月2日，此时诗人正在苏格兰旅途中。1848年此诗初次发表时附有一条注："济慈从威廉堡登上本·尼维斯山。到了山顶，一片云包围了他。他坐在山石上，当云慢慢飘去之后，出现了一座连接着下面深谷的巨型悬崖，他写了这首诗。"

我知道，像个可怜、愚笨的精灵，
　我踩着石头，我见到的一切仅仅是

迷雾和巉岩，不但在这座山峰上，
在思想和智力的天地里也是一样！

（1818年8月2日）

致 荷 马[①]

我处在可惊的无知中，一身孤单，
　听说到你，听说到基克拉迪群岛[②]
我像一个人，坐在海岸边，渴念
　或许在深海能见到海豚珊瑚礁。

你竟是盲人！一旦帷幔有了裂缝；
　约夫[③]掀开了天幕，让你住进去，
海神[④]为你架设了鲸蜡帐篷，
　牧神[⑤]叫野蜂为你唱起了歌曲。

① 荷马（Homer）：约公元前9至公元前8世纪时古希腊行吟盲诗人，著有长篇叙事诗《伊利亚特》和《奥德赛》。

② 基克拉迪群岛（Cyclades）：属希腊，在爱琴海南部。其中的德洛斯岛（Delos Isle）相传为阿波罗的诞生地，阿波罗为希腊神话中的太阳神，也是音乐之神和诗神之首。

③ 约夫（Jove）：即朱庇特（Jupiter），罗马神话中的主神，相当于希腊神话中的宙斯。

④ 海神（Neptune）：音译为涅普图恩，罗马神话中的海洋之神，相当于希腊神话中的波塞冬（Poseidon）。

⑤ 牧神（Pan）：亦译作潘，希腊神话中阿卡狄亚的森林之神和牧神，人身羊足，头上有角，爱好音乐。

啊，黑暗的边沿会升起亮光，
　峭壁上会出现无人践踏的绿叶；
漆黑的午夜里，晨光如花苞待放；
　彻底的盲者拥有多重的视觉；

你有了这样的目力，像月神[①]一样——
那主宰人间、天庭和地狱的女王。

（1818年）

① 月神（Dian）：即狄安娜。

“为什么今夜我发笑？没声音回答”

为什么今夜我发笑？没声音回答：
　上帝在天堂，严于应对的恶魔
在地狱，都不屑回答这句问话。
　我随即转向自己的心灵求索。

心灵！你和我在发愁，感到孤单；
　为什么我发笑？啊，致命的苦痛！
黑暗啊！黑暗！我无时无刻不悲叹，
　问天堂，问地狱，问心灵，全都没用。

为什么我发笑？我知道生存的租期，
　我让幻想伸展到极乐的境界；
但是我也许在今夜停止呼吸，
　见到尘世的彩旗一片片碎裂；

诗歌，名声，美人，浓烈芬芳，

死更浓——死是生的最高报偿。

（1819年3月）

咏　梦

——读但丁所写保罗和弗兰切斯卡故事后

像赫耳墨斯[1]拍起轻捷的翅膀——
　这时阿耳戈斯[2]被催眠，昏昏睡去，
我的游魂，把得尔菲[3]芦笛吹响，
　对巨龙族行使魔法，予以征服，

从它身上剥夺了一百只眼睛，
　见到它沉沉酣睡，便飞往远处，
不去周天寒彻的伊达山[4]顶，

① 赫耳墨斯（Hermes）：希腊神话中众神的使者，脚上有翅膀。行走迅速，有如“神行太保”。

② 阿耳戈斯（Argus）：希腊神话中的三眼、四眼或百眼的怪物，力大无穷，他睡时总有一些眼睛睁着。宙斯爱上女祭司伊俄。赫拉由于嫉妒，把伊俄变为母牛，令阿耳戈斯看守。宙斯派赫耳墨斯去救伊俄。赫耳墨斯用动听的笛声催阿耳戈斯入睡，然后砍下他的头，救出伊俄。赫拉把怪物的眼睛移到她最喜爱的鸟——孔雀的尾巴上。

③ 得尔菲：参见本书第041页注②。

④ 伊达山（Ida）：特洛亚附近的一座山。据荷马在《伊利亚特》中的描述，奥林波斯的大神们就坐在这座山的最高峰上观看特洛亚战争的进行。

不去任约夫[①]伤心的滕陂[②]河谷；

而去悲惨的地狱的第二圈[③]里，
　这儿有狂飙突起，旋风刮来，
阵雨和暴雹肆虐，恋人们何必
　互诉愁肠，——我见到柔唇苍白，

我吻的红唇也苍白，而同我一道
随凄风苦雨飘动的形体——却窈窕[④]。

（1819年4月）

---

① 约夫：即朱庇特。

② 滕陂：参见本书第017页注②。

③ 地狱的第二圈：意大利诗人但丁在他的《神曲·地狱篇》中写自己在古罗马诗人维吉尔的带领下游历地狱，地狱共有九圈。在第二圈里受苦的大都是沉溺于情欲而忘记理性的人的幽灵，其中有弗兰切斯卡和保罗。

④ 本诗所咏的是：但丁《神曲·地狱篇》中所写的故事：弗兰切斯卡·达·里米尼（？—约1284）是意大利拉文纳大公的女儿，被迫嫁给马拉泰斯塔，因与马拉泰斯塔的弟弟保罗相爱，双双被马拉泰斯塔杀死。但丁对这对情人表达了同情。

致 睡 眠

哦，安静的午夜里温柔的送香者[1]！
　你用细心而慈祥的手指合上
喜爱蒙胧的眼睛，遮住光色，
　让眼睛荫蔽在神圣的遗忘之乡；

酣甜的睡眠呵！如果你乐意，就请在
　你歌赞的中途，合上我甘愿的两眼，
要不就等到“阿门”[2]之后，你来
　把罂粟催眠的好意洒到我床边；

然后请救我，否则逝去的日光
会照到我枕上，引起一串串悲哀；

请救我摆脱生性的好奇，这好奇

---

① 送香者：或指以香膏药物涂抹尸体使之不朽、成为木乃伊的人。
② “阿门”：祈祷的结束语，表示“诚心所愿”。

依然有力气向黑暗钻进，你鼹鼠；
请在润滑的锁孔里巧转钥匙，
把装着我的魂魄的灵棺封住。

（1819年4月）

咏名声（一）[1]

名声，像个任性的姑娘，对那些
　奴颜婢膝的求爱者不动感情，
但是粗心的男孩儿她倒不拒绝，
　却更倾倒于满不在乎的心灵；

她是吉卜赛，谁要是没她做伴侣
　便觉得不舒坦，她绝不跟他搭腔；
她水性杨花，听不进喁喁私语，
　人们谈到她，她就认为是诽谤；

她是地道的吉卜赛，生在奈拉斯[2]，
　她是嫉妒者波提乏[3]之妻的妹妹；
单相思的诗人呵，用蔑视回报蔑视！

① 此诗原韵式为莎士比亚式：abab cdcd efef gg。
② 译文悉依原韵式。奈拉斯（Nilus）：尼罗河之神。这里指尼罗河。
③ 波提乏（Potiphar）：基督教《圣经·创世记》中埃及法老的护卫长，买约瑟为奴。波提乏之妻勾引约瑟不成，反咬一口，波提乏便将约瑟投入监牢。

　失恋的艺术家呵，别那么疯傻、迷醉！

请向她潇洒地鞠一躬，说声再见；
这样，她要是愿意，会跟在你后面。

（1819年4月30日）

咏名声（二）

“你不能又吃糕，又有糕。”

——谚语

这人简直在发烧！他不能心平
　气和地对待自己有限的岁月，
他折磨生命之书的每一页光阴，
　使他的美名丧失了处女的纯洁；

这就好比是玫瑰撷取她自身，
　李树摧折自己的雾里烟花，
又仿佛水泉女神[①]，捣蛋的精灵，
　用污泥浊水把仙窟净界糟蹋；

但是呵，玫瑰依然站立在枝上，

① 水泉女神（Naiad）：音译为那雅得，希腊神话和罗马神话中住在河流、泉水和湖泊中的水泉女神。

　　任凭熏风来亲吻，蜜蜂来采蜜，
盛开的李花仍披着朦胧的衣裳，
　　湖水没被人搅浑就晶莹澄碧；

为什么，人要美誉便软磨硬求，
　　信奉邪神，不再想得到拯救？

（1819年4月30日）

“如果英诗必须受韵式制约”①

如果英诗必须受韵式制约，
可爱的十四行必须戴上镣铐，
不管多痛苦，像安德罗墨达②般；
如果我们必须受格律调节，
那就让我们给诗的赤脚找到
编织得更加精美的草鞋穿上：
让我们审察弦琴，掂量每根弦
发出的重音，且看勤勉的听觉
和细心测试能求得怎样的音调；

① 此诗韵式比较特殊，为：abcabdcabcdede。其中a、b、c、d各出现三次，e出现两次，交错回环，灵活多变，是济慈独创的韵式。济慈在1819年5月3日致弟妹的信中说：“我在努力寻找一种比现有各类更好的十四行体诗型。法定的诗型（指彼得拉克韵式——引者）不甚适合我们的语言，由于它的脚韵太跳跃；另一型（指莎士比亚韵式）则太像挽歌，而最后两行押韵又总是不易讨好。”这首诗与这封信大体写于同时。因此这首诗很可能就是诗人“努力寻找更好的十四行体诗型”的实践。诗中的议论也正体现了他追求新形式的想法。但济慈也承认，他的尝试没有成功。他在这之后仍用莎士比亚韵式写过几首十四行诗。

译文保留了原韵式，但c与e同。

② 安德罗墨达（Andromeda）：希腊神话中的埃塞俄比亚国公主，其母夸其美貌而得罪海洋女神，致使全国遭到骚扰，她为拯救国民毅然献身，被锁于巨石之旁，后为英雄佩耳修斯救出并娶为妻。

正如迈达斯[1]那样贪爱金钱，
让我们珍惜声韵，就连一张张
枯叶也善于用来编织桂冠；
如果我们不想让缪斯脱缰，
那就让她受制于自己的花环。

（1819年5月？）

① 迈达斯（Midas）：希腊神话中弗里吉亚国王，贪恋财富，能点物成金。

致 芳 妮[①]

我恳求你疼我，爱我！是的，爱！
　仁慈的爱，决不卖弄、挑逗，
专一的、毫不游移的、坦诚的爱，
　没任何伪装，透明，纯洁无垢！

啊！但愿你整个属于我，整个！
　形体，美质，爱的细微的情趣，
你的吻，你的手，你那迷人的秋波，
　温暖、莹白、令人销魂的胸脯——

身体，灵魂，为了疼我，全给我，
　不保留一丝一毫，否则，我就死，

① 原诗韵式为莎士比亚式：abab cdcd efef gg，译文依原韵式，但c与e同，故实际上是：abab cdcd cece ff。

济慈于1818年秋天遇见芳妮·布劳恩（Fanny Brawne）。当时济慈二十三岁，芳妮十八岁。二人相爱，于1819年12月订婚。1820年9月济慈因病重，离开英国去气候温和的意大利，从此二人永别。参见本书第121页十四行诗《“亮星！但愿我像你一样坚持”》

或者，做你的可怜的奴隶而活着，
　茫然忧伤，愁云里，忘却、丢失

生活的目标，我的精神味觉
变麻木，雄心壮志也从此冷却！

（1819年10—12月）

“白天消逝了，甜蜜的一切已失去！”①

白天消逝了，甜蜜的一切已失去！
　甜嗓，甜唇，酥胸，纤纤十指，
热烈的呼吸，温柔的低音，耳语，
　明眸，美好的体态，柔软的腰肢！

凋谢了，鲜花初绽的全部魅力，
　凋谢了，我眼睛见过的美的景色，
凋谢了，我双臂抱过的美的形体，
　凋谢了，轻声，温馨，纯洁，欢乐——

这一切在黄昏不合时宜地消退，
　当黄昏，节日的黄昏，爱情的良夜
正开始细密地编织昏暗的经纬
　以便用香幔遮住隐蔽的欢悦：

① 这首诗是写给芳妮·布劳恩的。参见本书第117页十四行诗《致芳妮》题注。

但今天我已把爱的弥撒书读遍，
他[1]见我斋戒祈祷，会让我安眠。

（1819年10—12月）

① 他：此处指上帝。

“亮星！但愿我像你一样坚持”①

亮星！但愿我像你一样坚持——
　不是在夜空高挂着孤独的美光，
像那大自然的坚忍不眠的隐士，
　睁开着一双眼睑永远在守望

动荡的海水如教士那样工作，
　绕地上人类的涯岸作涤净的洗礼，
或者凝视着白雪初次降落，
　面具般轻轻戴上高山和大地——

不是这样，——但依然坚持不变：

① 原诗韵式为莎士比亚式：abab cdcd efef gg；译文依原韵式，但b与f同，a与g同，故实际上是：abab cdcd ebeb aa。

据济慈的朋友、画家塞文（Severn）回忆，1820年9月，济慈离开英国去意大利，塞文同行。在途中（9月28日），济慈在一本莎士比亚作品集的空页上，正对着莎士比亚的诗《恋女的怨诉》，写下了这首十四行诗。因此这首诗被认为作于1820年9月28日，并被认为是济慈的“最后的十四行诗”。但后来，有学者发现济慈的朋友布朗（Brown）抄有同诗的另一稿，下面写明“1819年”。现在多数学者认为这首诗作于1819年。

　枕在我爱人[1]的正在成熟的胸脯上，
以便感到它柔和的起伏，永远，
　永远清醒地感到那甜蜜的动荡；

永远倾听她温柔地呼吸不止，
就这样永远活下去——或昏醉而死。

（1819年）

① 爱人：指芳妮·布劳恩。参见本书第117页十四行诗《致芳妮》题注。

抒情诗·歌谣·其他

死[1]

一

生，若是梦，那么死，可是睡眠?

① 这首诗是济慈早期的重要作品。在这首诗里，诗人说到他在“花神和牧神之国”里已经凭幻想找到种种欢乐，而现在他声称“必须抛开这些，去追寻更崇高的生活，去发现人类心灵深处的痛苦和撞击”。他的理想就是通过诗达到更深层次的人类同情心和对于自然奥秘和人生奥秘的更加热切的探索。本诗的轮廓大致如下：1—40行：解释诗题，将未醒的经验与觉醒的经验作了对比。85—121行：描述诗人心目中诗歌发展的步伐，也是诗人自己准备踏上的诗歌历程。其中96—98行：诗人声称“给我十年吧！我可以在诗里征服自己；我可以大有作为，听从我灵魂对我自己的指挥”。可惜从这时起济慈的生命只延续了不到五年时间。虽然在这段短短的时间里，济慈给世界诗坛奉献了最美的歌唱，但后世的读者仍然无不为诗人的早逝而叹息。122—162行：据西林·柯特分析：“很明显，济慈在这里努力表述两种不可分割地相互联系着的概念，即：（一）只有同情地对人性进行探究之后，人才有可能同自然完全契合并理解自然的神秘的美，可以说，对自然的理解和对人性的理解是相互作用、相互影响的；（二）对自然所揭示的理想进行深思之后，肮脏的现实给人的感觉就更加敏锐，如果没有使诗人心中的理想活跃、使他免于绝望的那种幻想来支持，诗人就更加不能忍受肮脏的现实了。”163—205行：对18世纪古典主义诗歌提出强烈批评。206—229行：怀念伊丽莎白一世时代的诗人们，描述他们对后代的影响。230—353行：抒发对诗的理解和自己献身于诗的志愿与信念。354—395行：描写李·亨特书房里的艺术装饰——一个诗的环境。396—404行：在这个环境里写出本诗。这首四百零四行的长诗，原诗全部是两行一押韵，译文依原诗。原诗各行均为轻重格五音步，译文以五顿代五步。

　　幸福的场景可是如幻影逝去？
瞬间的欢乐消失如烟云过眼，
　　我们却认为死是最大的痛苦。

二

多么奇怪呀，人在世上要流浪，
　　要度过悲惨的一生，却不能抛开
一路的坎坷；也不敢大胆想一想
　　将来的死呵，只是从梦中醒来！

（1814年）

睡与诗

我躺在床上，睡眠总是不愿意
来到我身边，可是我弄不明白
为什么我不能休息；在我看来，
世上没人比我的心情更平静，
因为我既不烦恼，也没有疾病。

——乔叟

什么比夏天的风儿更加熨帖？
什么比嗡嗡的蜜蜂更令人怡悦？
蜜蜂在怒放的鲜花上稍稍停留，
随即愉快地从树荫向树荫飞走。
什么比麝香玫瑰更加安静——
开在翠绿的岛上，远离人群？
什么比山谷的葱茏更有益身心？
什么比夜莺的窝巢更隐秘幽深？
什么比科黛丽雅[1]的面容更安详？

① 科黛丽雅：莎士比亚的悲剧《里亚王》中的女主人公，里亚王的小女儿。

什么比传奇故事更富于想象？
只有你，睡眠！合拢眼睑的纤手！
低唱着温柔的催眠谣曲的歌喉！
绕着惬意的枕头轻翔的翅膀！
用罂粟和垂柳编织花冠的巧匠！
你呵，悄悄地把美人的头发弄乱！
你愉快地谛听晨光的赐福，祝愿
你有幸开启千万双欢乐的眼睛，
让灵活的明眸迎视旭日的东升！

但什么比你更难以想象的高贵？
什么比山里树上的浆果更鲜美？
比鸽子、远翔的鹰隼、天鹅的翅膀
更奇异、美丽，更光洁、庄严堂皇？
它是什么？我用什么来比方？
它有一种荣耀，没人能分享：
想到它就觉得敬畏，甜蜜，神圣，
驱散了一切尘世的凡俗和愚蠢；
它有时到来，如惊人的雷声霹雳，
或隆隆的低鸣从地下深处响起；
它有时又像一声温存的耳语，
诉说着奇妙事物的全部隐秘，

在我们身旁空荡的氛围中低吟；
促使我们向周遭注视，探寻，
要眼见光的形状，空气的彩图，
从隐隐颂歌中把握飘动的意绪；
要目睹光荣的桂冠，在空中高悬，
等生命结束，给我们姓名上加冕。
有时它赋予嗓音以一种荣耀，
从心的深处涌出：欢笑吧！欢笑！
这声音直达天地万物的创造者，
成为热切的私语而飘远，失落。

谁见过一回太阳的灿烂光烨
和霞光万道，而觉得身心纯洁，
无愧于伟大的造物主，谁必定知悉
我说的是什么，从而欢情洋溢：
因此，我不会使他的精神不悦，
说出他凭本性已经感知的一切。

啊，诗歌！为了你我拿起我的笔，
我还不是你那广阔的天国里
光荣的居民——我难道不会在哪座
高山的顶上跪下来，直到我觉得

我周身有一道炽热的华彩在燃烧，
让你的语言在我的身上缭绕？
啊，诗歌！为了你我握紧我的笔，
我还不是你那广阔的天国里
光荣的居民，但我热切地希冀
你从圣殿里送来些清新的空气，
为了醉人，再糅合一些月桂
吐出的芳香，使我能经历一回
奢侈的死亡，我青春的灵魂将追赶
朝阳的金光，直达阿波罗座前，
像新鲜的祭品；假如我承受得住
无法抵挡的快乐，我就会被带入
种种幻境，树荫下凉亭的一隅
将是极乐土，——一本永恒的书，
我可以从中抄出许多妙语，
讲到树叶和花朵，林中仙女
在游玩嬉戏，喷涌的泉水，林荫
给睡着的少女周围铺一片安宁；
还可以抄出许多诗篇，如此
奇妙，让我们惊煞那诗篇出自
谁手。许多幻想会绕着我炉边
振翼飞翔，或许还能够发现

庄严之美的远景，我可以去漫游，
快乐而安静，像清澈的米安德[1]河流
穿过幽谷；在那里我找到一处
森严的树荫，或一方魅人的洞窟，
或一座青山，铺一身缤纷的野花
如彩衣，对这种美景我感到惊诧，
就在书板上写下可写的一切，
这一切能使人类的感官愉悦。
我要抓住世界的百态千姿，
做一名巨人，并激励我的神思，
使它能骄傲地见到自己的肩上
有一对要飞去抓住永恒的翅膀。

静下来想一想！生命不过是瞬间；
如一滴易晞的朝露挂在树尖
摇摇欲坠；如印第安不幸者的睡眠，
正当他的船冲向可怕的悬岩，
在蒙莫朗西[2]。但何必叹息悲伤？
生命是待放的玫瑰蕴含的希望；
生命是诵读变化无穷的故事；

① 米安德：小亚细亚西部的河，以曲折著名。
② 蒙莫朗西：加拿大魁北克省南部的一条河，河口有飞瀑。

是把少女的面纱轻轻揭起；
是炎夏凉风中野鸽子疾飞骤降，
是欢笑的学童，全不知痛苦忧伤，
把榆树伸出的弹性枝条当马骑。

啊，给我十年吧！我可以在诗里
征服自己；我可以大有作为，
听从我灵魂对我自己的指挥。
我可以遍历各国，看国土成串
在我的眼前展开，我还将不断
品尝各地的清泉。我首先前往
花神和牧神之国：我睡在草地上，
吃的是紫色的草莓，红色的苹果，
凭我的幻想去寻找种种欢乐；
抓住仙女的素手在隐蔽的树荫，
恳求躲避的面颊给一串甜吻，——
抚弄纤指，触摸白皙的肩膀，
使她们娇嗔地退缩，却硬硬心肠
用嘴唇蜇了我一口：终于同意，
我们将共读人生的美好故事。
有一个仙女将教会鸽子怎样
待我睡着了给我轻轻地扇凉；

另一个仙女，弯着腰灵巧地举步，
将披上绿衣，让它在周身飘舞，
她还将随心所欲地跳各种舞蹈，
朝着绿树和鲜花发出微笑；
另一个仙女招引我前去，前去，
走过扁桃花丛和茂盛的肉桂树，
进入个葳蕤绿叶世界的怀抱，
我们静静地安歇，像两粒珍宝
深深隐藏在贝壳里，蜷伏在一起。

那么，我能否把这些欢乐舍弃？
是的，我必须抛开这些，去追寻
更崇高的生活，去发现人类心灵
深处的痛苦和撞击：瞧！我看见
一辆马车疾驰过峭拔的蓝天，
辕马的鬃毛飞动——驾车的驭手
带着辉煌的惶恐探看着风头：
马蹄轻举，沿着巍峨的云巅
奔踏而过；一会儿又轴轮飞旋，
车驾下降，驶入清朗的蓝天，
太阳的金眼把车轮镀成银盘。
他们如一阵旋风般继续下降；

这会儿我看见他们在绿色山岗
旁边歇下来，周围是颠簸的花枝。
那驭手打着令人惊奇的手势
向山峦和树木说话；于是马上
出现欢乐、神秘和恐惧的形状，
这些形体在一群巨大的橡树
造成的阴影面前飞速地移过去，
仿佛在追赶稍纵即逝的音符。
瞧它们在低诉，哗笑，微笑，哀哭：
有的举着手，嘴角是严厉的神态；
有的伸出两臂，把面孔遮盖，
直盖到耳朵；有的正青春焕发，
微笑着跨过幽影，怒放着心花；
有的回头看，而有的抬头凝视；
是的，千万形体以千万种方式
掠过——一会儿一圈可爱的女孩子
跳着舞，把光润的头发跳成乱丝；
一会儿展现巨翅。赶马的驭手
敬畏而专注地躬身倾向前头，
好像在倾听：哦，我真想了解
他在闪光的飞驰中录下的一切。

所有的幻象消失了——马车隐灭，
化入明亮的天光，代替这一切，
现实世界的感觉顽强地到来，
像一条混浊的小河，它硬拽
我灵魂向幻灭：但我将奋力扫除
这一切疑虑，在心里活生生记住
那辆马车，和那辆马车的经历——
奇异的旅程。

　　　　　　如今勇敢的心力
驰骋的疆场如此小，以至人类
崇高的想象竟不能自由地腾飞——
像过去那样？她[①]不能备好马匹，
向阳光冲去，完成奇妙的业绩
在云端？难道她不曾显示这一切？
从灏灏苍穹，一直到花苞绽裂
吐出的一缕幽香？从约夫[②]眉间
隐含的意蕴，一直到绿茵片片
涌自四月的牧场？她的神坛
在岛上也曾发过光；谁能超赶

① 她：指崇高的想象。
② 约夫：即朱庇特，罗马神话中的主神，即希腊神话中的宙斯。

热情的歌队[1]？——它唱过和谐的歌声，
这歌声直达上苍，在那里形成
永远跌宕回旋的宏伟音涛，
巨大如一颗行星，在滚动奔跑，
绕着炫目的真空永恒地运转。
啊，那时候缪斯们已经载满
荣誉；她们整日价无忧无虑，
除了唱歌，把波动的鬈发轻抚。

这一切都忘了？是的，由蒙昧状态
和浮华风尚豢养的一种教派[2]
使阿波罗为他的领地感到羞愧。
谁不识他的荣耀，谁就被称为
聪明人：这些人骑着一匹弹簧马，
用尽吃奶的力气前后摇晃它，
认它作珀加索斯[3]。啊，可悲的灵魂！
天上有风云激荡，大海有滚滚
浪涛翻卷——你们全不知。蓝天

① 歌队：指乔叟和莎士比亚时代的诗人们。

② 指18世纪英国古典主义诗人们。他们同伊丽莎白一世时期的诗歌传统是相背离的。

③ 珀加索斯（Pegasus）：希腊神话中生有双翼的飞马，其蹄踏出灵泉，谁喝了这泉水就得到诗的灵感。

祖露永恒的胸脯，在夏天的夜晚，
露水暗暗地凝聚，为了使早晨
变得更可爱：啊，美已经苏醒！
你们为什么不醒来？但是你们对
不了解的事物麻木不仁，——你们被
束缚于拙劣的教条，邪恶的指南，
墨守成规：你们教一帮笨蛋
把诗磨光，修剪，熨平，镶嵌，
使之像雅各的智慧魔枝[①]一般，
相互搭配。这工作易如反掌：
许多许多的匠人都这样戴上
诗的面具。倒霉的、不肖的一群！
当面亵渎了光辉的抒情诗人，
却还不知道，——不，他们高举起
破烂不堪的旗帜招摇过市，
标榜浅薄的信条，旗子上写着

① 魔枝：《圣经·旧约·创世记》第三十章三十七至三十八节载："雅各取些白杨树、杏树和梧桐树的幼枝，剥掉一部分树皮，使树枝露出白色的斑纹。他把这种树枝插在羊群前面、羊喝水的水槽里，因为它们来喝水的时候交配。羊在这种树枝前交配便生下有纹、有斑、有点的小羊。"雅各的智慧魔枝即指此。这里，济慈把18世纪英国古典主义诗歌比作仅仅是凭某些虚伪的教条拼凑而成的骗人的货色。

布瓦洛[①]之流的大名！

　　　　　　　　而你们，哦，
该翱翔在我们可爱山间的一群！
你们群体的威严已经充盈
我虔敬的胸怀，在这不洁的场所，
离这些凡夫太近，我无法追索
你们神圣的名字；他们的无耻，
你们不惊诧？古老哀伤的泰晤士[②]
不曾使你们愉悦？你们从不曾
聚集在怡人的爱汶河[③]边，悲声
哭泣？难道你们都已经离开
那不再生长月桂枝叶的地带？
或者你们还留下来准备欢迎
那些曾经骄傲地唱完了青春
就死去的寂寞的精灵[④]？正是这样：
但我想把那悲苦的时代遗忘：
如今是明媚的季节；你们已赐予

① 布瓦洛（Nicolas Boileau-Depreaux，1637—1711）：法国诗人，文学理论家，他用诗体写的文学理论代表作《诗艺》被认为是古典主义文学理论的经典。他的理论影响了英国18世纪诗歌。

② 泰晤士：流经伦敦的一条河。

③ 爱汶河：莎士比亚故乡的一条河。

④ 济慈在这里想到了查特顿。有的论者认为这里还包括怀特（Henry Kirke White，1785—1806，英国诗人，终年二十一岁）。

我们以美好的祝福；你们已编出
新鲜的花环：因为到处都可以
听到优美的音乐；——有的人[①]已惊起，
走出湖上水晶般清澈的住宅，
被天鹅用黑喙唤醒；从密密草莱，
从静静地栖息在幽谷的树丛深处，
流出了笛音；动听的音调正飘浮
在整个大地上：你们幸福而快乐。

这是无疑的：但我们也听到，真的，
从诗歌内部迸出奇异的雷鸣；
其中也渗透着来自威严的强劲、
甜美的成分：但显然，那主题可是
丑陋的棍棒，诗人们——波吕斐摩斯
搅乱了壮丽的海洋。[②]诗乃是光之雨，

---

① 可能指湖畔诗人华兹华斯。

② 棍棒（club）一词和第二三四、二三五两行，不同的版本有不同的文字和标点，引起校勘家的研究。这里据西林考察注本译出。波吕斐摩斯希腊神话中的独眼巨人。奥德修斯及其伙伴被波吕斐摩斯拘于洞中，波吕斐摩斯每日吃掉奥德修斯的两个伙伴。奥德修斯把波吕斐摩斯灌醉，用棍棒把他的独眼弄瞎，然后设计偕余下的伙伴逃走。这里的意思可能是：诗人们正是如波吕斐摩斯及其兄弟们那样的巨人，具有超凡的伟力，但又像瞎眼的波吕斐摩斯那样，不能适当地发挥自己的力量，只能用棍棒（诗人们写作的主题和处理主题的方式）成功地搅乱了壮丽的海洋（诗歌的海洋或人生的海洋？）而已。

永无穷尽；诗乃是至高的伟力；
是倚着右臂半睡半醒的潜能。
她那圆圆如弓的眼睑能吸引
万千志愿的使者来为她效力，
她仍凭温和的权威进行治理：
但单独的力量，虽然是缪斯所产，
却像堕落的天使：只有黑暗、
蠕虫、劈裂的树木、尸衣和坟墓
能使它高兴；因为它的食物
是磨石，人生的荆棘；它已经忘记
诗的伟大的目标是化为友谊
去缓解忧伤，提高人的想象力[1]。

　可是我也高兴：从苦味草丛里
桃金娘出生，胜过帕福斯[2]的花，
向空中伸展甜蜜的花冠，还把

① 这里所指的可能是拜伦。济慈早年热烈赞赏拜伦的诗，曾写过一首颂赞拜伦的十四行诗《致拜伦》。但他逐渐成熟起来，他的才能朝着与拜伦不同的方向发展，拜伦的作品愈来愈不合他的口味。他一方面承认拜伦在文坛上的崇高地位，同时又认为拜伦的作品缺乏非凡的想象的素质。济慈在书信中写道："拜伦勋爵名声显赫，但对别人没有象征意义；""在我们之间存在着巨大的差异。他（拜伦）描绘他见到的事物，我描写我想象的事物。"

② 帕福斯（Paphos）：塞浦路斯西部古城，美神阿弗罗狄忒的奉祀地，阿弗罗狄忒即罗马神话中的维纳斯。

新抽的绿芽喂给静静的空间。
这里小鸟们找到了合意的帐幔，
穿越花荫，轻快地拍动翅膀，
戏咬小小的酒盅花，又引吭歌唱。
让我们从它嫩枝的周围清除
那些要把它缠死的荆棘；让小鹿——
我们匆匆离去后诞生的幼兽——
在它的下面找到鲜草坪，上面有
纯洁的花朵：那里不会有喧嚷，
只听到情人屈膝的声音轻响；
不会有半点儿粗鲁，只见到有人
面容温和，倚着合上的书本；
更没有扰攘，只有绿草坡静躺
在两山之间。欢迎，美好的希望！
幻想，一如她往常那样，会走进
一座座无比可爱的迷宫去旅行。
谁能讲朴素的故事使心情舒畅，
谁就被拥戴而成为诗人之王。
愿这些欢乐成熟在我死以前。

会不会有人说，我的话都是胡言
乱语？说别等耻辱赶来光顾，

我最好藏起自己愚昧的面目？
说少年呜咽想躲避可怕的雷打
就该敬畏地顶礼膜拜？什么话！
假如要隐藏，我准定让我自己
在诗的神殿、诗的灵光里隐蔽：
假如要倒下，我至少让我自己
躺在白杨树下静静的绿荫里；
覆盖我身躯的青草会修剪平整；
那里会竖起友好的纪念碑铭。
但是，去吧，沮丧！可悲的灾难！
每时每刻都在渴望着登攀
崇高目标的人们与沮丧无缘。
虽然我没有横空的智慧，上天
没给我如许恩赐；虽然我不明白
疾风劲吹，强大的气流往来，
把人类所有变幻的思想向哪里
吹去：虽然没有伟大助人的智力
把人类灵魂的幽暗隐秘化成
清醒的想象：但在我面前始终
滚动着宏大的理想，我从中采撷
我的自由；从中我也已察觉
诗的终极和目标。它像每一件

实物那样的清晰；正如一年
由四个季节组成一样——恰似
古老教堂尖顶上巨大的十字
直插白云般明显。所以，我必将
成为畸形的、扭曲的实体，反常，
一介懦夫，只要我说出我大胆
想象的事物时竟然眨一眨我的眼！
啊！我宁愿像一个狂人，冲下
陡峭的悬崖；让炽热的阳光熔化
我的代达洛斯的翅膀[①]，促使我
抽搐着向下迅猛地跌落！慢着！
良心不悦地嘱咐我不要偏激。
庄严的沧海，岛屿星罗着，展示
在我的面前。这需要多少辛劳！
多少时间！多少拼搏和烦恼——
我才能探知这大海有多么深广。
啊，艰巨的工程！我跪向上苍，
尽可以收回前言——但是啊，不！
不可能！

① 代达洛斯（Daedalus）的翅膀：代达洛斯是希腊神话中的能工巧匠和建筑师。他用蜂蜡和羽毛做成双翼给自己和儿子伊卡罗斯插上，腾空飞去。伊卡罗斯飞得太高，太阳把蜂蜡晒化，伊卡罗斯落海而死。

　　　　　为了松口气，我要讲出
一些愚见，让这次陌生的试笔
以高雅开始却就这样地完毕。
如今我胸中的纷扰已经平复：
我全心全意期待友好的帮助
为我铺平光荣的道路；我瞩望
兄弟的情谊——相互友善的乳娘。
我期待热心的握手给大脑送上
一首意想不到的迷人的十四行；
我期待诗韵涌出时那一片宁静，
和诗韵涌出后那阵阵笑语欢声：
这显然是信息，明天要再来一次。
也许还可以从那安适的隐居室
取出一本极可珍爱的宝书，
我们下次集会时围着它阅读。
我无法再写了；因为优美的曲调
像鸽子成对，正在屋子里飞绕；
回忆那喜人的一天里多少欢悦，
这欢悦初次触击了我的感觉。
从这些曲调里出现优雅的图像，
一些人俯身坐在腾跃的马车上，
快活，庄严一柔润滚圆的手指

分开浓密的鬈发；——酒神巴科斯①
从车上敏捷地跃下，而他的眼睛
直盯得阿里阿德涅的面颊羞红。
这样，当我打开画册的时候，
我忆起美妙的歌词汩汩奔流。

像这样一些事情永远是一连串
安宁形象的先兆：天鹅的弯弯
颈项移动着隐入灯芯草丛；
红雀把树林里外的一切都惊动；
蝴蝶张开阔大的金色翅翼，
歇在玫瑰上，它仿佛由于狂喜
而痛苦地抖动——还有很多，很多，
我可以在我的宝库里尽情游乐；
但是我怎样也不能忘记睡眠——
他温和文静，戴一顶罂粟花冠；
假如我这些诗句还有点儿价值，
我一半归功于他：这样，真挚
而谐调的乐声就让位给那同样

① 巴科斯（Bacchus）：希腊神话中的酒神，又名狄俄倪索斯（Dionysus），是宙斯和塞墨勒之子。巴科斯在从冥府返回希腊途中，遇到了被忒修斯（Theseus）抛弃的阿里阿德涅（Ariadne），娶她为妻。

可爱的宁静，当我休憩在榻上，
开始追忆那令人愉快的一日。
那是位诗人的房间，他有把钥匙[①]
能开启欢乐的神庙。室内挂着
诗人们光辉的画像，他们高歌
在过去的时代——冷静圣洁的胸像
面对面微笑。乐观的人呵，他向
晴朗的未来托付他珍爱的名声！
这里有牧神和森林神挽弓对准
茂密的葡萄藤叶间鼓圆的苹果，
等射中便一跃而出，用手指抓获
那些果子。还可以见到大理石
建筑的神殿，一群仙女这时
正跨过草地温雅地向神殿走去：
一个仙女，最美的，伸手指出
炫目的旭日：可爱的姊妹二人
弯下窈窕的形体使两身挨近，
护着个小小孩童轻快的跳舞：
有一些仙女在聆听，神态专注，
听芦笛如露珠滚动的自由颤音。

① 从这一行即第三五四行起到第三九五行，都是对诗人李·亨特书房里艺术装饰的描写。在这里，设有济慈的卧榻。本诗即是在这里写成的。

看，另一幅画上，仙女们在细心
揩干月神狄安娜畏怯的手足；——
浴池边，细布斗篷戏水般浮出
折叠的一角，随着水珠的沉降
轻轻地左右摆动：像大海汪洋
静静地涌起平稳的巨浪漫过
岩石的边缘，使耐心的海草能得
再一次摆动；海水不再来冲击，
海草在起伏波动中感到惬意。
萨福仁蔼的面容朝下对虚空
微微地一笑；仿佛在一瞬之中
她思虑过度的颦眉已经离开
她的额角，让她孤单地留下来。

还有阿弗烈德大王，眼神焦虑，
悲天悯人，像总是在听着被驱
众生的叹息；柯斯丘什科露出
因受难而憔悴的脸色——极其愁苦。
彼得拉克，正走出浓绿的树荫，
见劳拉而惊羡不已，他的眼睛
离不开她的甜美。他们真幸福！
在他们身上有一双翅膀长出，

自由地展开，诗神的灿烂容光
从他们中间显出来：她从宝座上
俯视着种种我无法描述的景象。
只要我意识到我在什么地方，
睡眠就远离：尤其是在我的心里
一个个思想接踵而来，燃烧起
满腔烈火；以至于我整夜失眠，
直到吃惊于晨光已照到身边；
我起身，直感到新鲜，愉快，欢乐，
打定主意从这天就开始写作
这些诗行；至于诗写得怎么样，
随他去，像父亲听任儿子去闯荡。

（1816年）

致　爱　玛[1]

来吧，亲爱的爱玛，玫瑰在开放，
花神把珍宝慷慨播撒在大地上，
空气是一团温柔，溪水晶晶亮，
西天裹一身霞彩，呈一片辉煌。

来吧！我们快去找清凉的树荫，
雕刻精美的石凳，林中的草坪；
那儿有仙子唱歌把黄昏赞颂，
精灵轻盈地游泳在夕阳光中。

要是你倦了，我为你找一角草地，
你可以枕着青苔和野花歇息：
美丽的爱玛！让我坐在你脚旁，
迷醉地把爱的故事为你细讲。

① 此诗原文第一行中的“亲爱的爱玛”，初稿为“乔治安娜”，第十一行中的“美丽的爱玛”，初稿亦为“乔治安娜”。此诗原是济慈写给乔治安娜·奥古斯塔·威利小姐的。

我这样痴情地呼吸，轻轻地喟叹，
你以为是爱的微风吹到你身边：
不——我吐气正挨近你的膝盖，
你会知道，叹息是由我发出来。

亲爱的，为什么我们不要幸福?
人是傻瓜，他错过这样的欢愉：
笑一笑默许吧，答应我共赴佳期，
给我以目光的柔情，嗓音的爱意!

咏美人鱼酒店[①]

已经升天的诗人的幽魂，
你们领略了怎样的仙境？
喜人的田野？苔绿的洞穴？
比美人鱼酒店更加超绝？
你们可曾啜饮过酒浆
胜过店主的加那利[②]佳酿？
天堂里出产的新鲜果品
比这些精美的鹿肉馅儿饼
难道更可口？啊，美食！
烹调得仿佛罗宾汉[③]壮士

---

① 本诗共三节。各行为重轻格四音步。韵式为两行一押的随韵。译文以四顿代四音步，韵式依原诗。

美人鱼酒店：伦敦面包街上的一家酒店，据说由华尔特·罗利爵士（1554？—1618，诗人，探险家，史学家）所创设。来这里光顾的有莎士比亚、多恩、本·琼森、波芒、弗雷彻等。这是个当时文人经常聚会的地方。

② 加那利：一种葡萄酒，原产于北大西洋东部加那利群岛。它经常出现在伊丽莎白一世时代的文学作品中。

③ 罗宾汉（Robin Hood，音译应为罗宾·胡德。“罗宾汉”是上海方言的音译，已通用）：英国民间传说中的绿林好汉。他劫富济贫，大约活跃在13世纪的英国。

会带着他的女伴玛丽安[1]
用角杯和陶罐来痛饮加餐。

我曾经听人说过，有一回
店主的招牌不翼而飞，
没人知道它飞到了哪里，
直到占星家古老的羽笔
记下了故事在羊皮纸上——
说见到你们身披神光，
就在崭新的老招牌下方
啜饮着天赐的玉液仙浆，
心满意足地举杯祝赞
黄道带[2]上开美人鱼酒店。

已经升天的诗人的幽魂，
你们领略了怎样的仙境？
喜人的田野？苔绿的洞穴？
比美人鱼酒店更加超绝？

(1818年)

① 玛丽安：传说中的人物，罗宾汉的女伴。

② 黄道带：天球上黄道两边各八度的一条带，日、月和主要行星的运行路径都处在黄道带内。古人把黄道分为十二段，称“黄道十二宫”。其第六宫为“室女”，这里暗与美人鱼吻合。

仙子的歌

不要哭泣呵！不要流泪！
花儿明年会再放蓓蕾。
别再流泪呵！别再哭泣！
花苞正睡在根株的心里。
擦干眼睛呵！擦去泪水！
我从天堂里学会了怎样
把美妙歌曲倾泻出胸膛——
　　　不要流泪。

看看上头！瞧瞧上面！
在红白相映的鲜花中间——
向上看，抬头瞧。我拍动翅膀，
飞在茂盛的石榴枝上。
瞧我啊！就是这银色的风铃
能永远治愈好人的疾病。
不要哭泣呵！不要流泪！

花儿明年会再放蓓蕾。
再见，再见！——我飞了，再见！
我将消失在无边的蓝天——
　　　　再见！再见！

（1818年）

雏菊的歌

太阳，巨大的眼睛，
不如我视野宽广；
月亮，骄傲的银辉，
也会被乌云遮挡。

春天啊——春天来了！
我活得快活，像国王！
我倚在茂草中，窥见
每一个漂亮的姑娘。

没人敢看的，我看，
没人凝望的，我凝望：
黑夜临近了，羊羔
为我把催眠曲歌唱。

（1818年）

你到哪儿去，德文郡姑娘？[1]

一

你到哪儿去，德文郡姑娘？
　你的篮子里，装的什么货？
娇小的天仙，来自乳品间，
　你可愿拿点儿奶油饼送给我？

二

我喜爱你的草地和野花，
　我喜爱你的甜美的食品，
我更爱在门后，把你吻个够，

① 本诗原文四节，每节四行，韵式为xaxa（x为不押韵）。各节第三行有行内韵（internal rhyme）。译文韵式依原诗，行内韵也照样移植，如第一节第三行的“仙”与“间”，第二节第三行的“后”与“够”，第三节第三行的“双”与“上”，第四节第三行的“息”与“奇”。

　呵，别那么不屑地瞟人！

三

我喜爱你的山峰和溪谷，

　我喜爱你的羊群咩咩叫——

哦，让我们双双在花草地上

　躺着听彼此的心儿猛跳！

四

让我把你的篮子藏好，

把你的披巾挂上柳梢；

我们会叹息，使雏菊惊奇，

我们来枕着青草吻抱。

（1818年3月）

罗 宾 汉

——给一位朋友

那个时代呵，已云散烟消，
那些时辰呵，已陈旧苍老，
一分一秒都已经葬入
人们脚下踩踏的无数
年月的落叶织成的棺椁：
冬天的剪刀，封冻的北国，
寒冷的南方，已经多少回
把狂风暴雨掀起来带给
林中碎叶的宴会，那时
人们不知道租赁为何事。

　呵，再没有号声嘹亮，
再没有弓弦嘣嘣作响；
越过山巅，飘过林地，
牙笛的尖鸣早已沉寂；
树林中央再没有高笑，

只有回声[1]把余音袅袅
留给人们，听的人奇怪
野林深处有说笑传来。

　到了六月美好的时刻，
你可以披着阳光或月色，
或者由七颗明星[2]照亮，
或者由北极光指路前往；
但是你永远不会再看见
勇敢的罗宾汉以及小约翰[3]
他们一伙里，再没有好汉
用手敲击空空的铁罐，
哼出古老的打猎歌调，
漫步在满眼绿色的小道，
沿着特伦特[4]牧场走去
会见美丽的女主人“欢愉”
他已经留下逗人的故事——

① 回声（Echo）：音译为厄科，希腊神话中的回声女神。她是居于山林水泽中的仙女，因爱恋美少年那喀索斯（Narcissus）遭到拒绝，憔悴消损，最后只留下声音。

② 七颗明星：希腊神话中的普勒阿得斯（Pleiades）。

③ 小约翰：传说中的绿林好汉，罗宾汉的同伙。

④ 特伦特（Trent）：英格兰中部河流。

预报要痛饮美酒的信使。

　消逝了，快活喧闹的舞蹈；
消逝了，盖米林[①]的歌声缭绕；
消逝了，紧束腰围的强盗，
他们不再在绿林里逍遥；
一切都逝去了，云散烟消！
如果罗宾汉突然从青草
覆盖的坟墓里一跃而出，
如果玛丽安能够再度
在她的绿林里消磨时光，
她将会哭泣，而他会发狂，
会咒骂，因为他的橡树群
会被造船厂伐下做船身，
在大海的咸水里泡烂浸坏；
她会哭，因为野蜂不再
为她嗡嗡唱歌——真稀奇！
不付现金就得不到蜂蜜！

　就这样；可我们还要歌赞：

① 盖米林（Gamelyn）：乔叟的作品《盖米林的故事》中的主人公。这故事同罗宾汉的故事有着很近的“血缘关系”。

光荣归于古老的弓弦！
光荣归于号角声声！
光荣归于原始森林！
光荣归于绿色的林肯郡！
光荣归于神奇的射箭人！
光荣归于精悍的小约翰，
还有他的马儿不一般！
光荣归于勇敢的罗宾汉，
他正在灌木林里睡得酣：
光荣归于姑娘玛丽安，
以及全体舍伍德好汉！
他们的时代虽已飞逝，
咱俩可还要试唱颂诗。

（1818年2月3日）

诗　人　颂

写在波蒙特和弗雷彻的

悲喜剧《旅店里的美女》卷首空页上

歌唱激情和欢乐的诗人，
你们在尘世留下了灵魂！
你们可也有灵魂在天国，
到新的世界过双重生活？
是的，你们天上的灵魂
浑然交融于日球和月轮；
交融于喷泉奇妙的声响，
以及轰轰然雷霆的振荡；
与天庭的林木一同低语，
你们彼此以安闲的心绪
坐在极乐世界的草地上，
有猎神[1]的小鹿吃草在旁；
大朵的蓝铃花如帏帐荫庇，

① 猎神：即狄安娜，罗马神话中的狩猎女神和月神。

雏菊散发出玫瑰的香气，
玫瑰花拥有自己的芬芳，
那是尘世间绝无的异香；
夜莺在这里鸣啭歌喉，
不唱那麻木不仁的事由，
唱的是悦耳的神圣真谛；
流畅的诗句蕴含哲理，
金铸的历史和传说掌故
把天堂的秘密娓娓讲述。

　这样你们居住在高天，
也就再度生活在人间；
你们留在地上的灵魂
教世人怎样去寻找你们，
找你们另外的灵魂在何处
逍遥，永远不睡觉，不餍足。
你们尘世的灵魂向凡人
述说着自己短促的一生；
讲到一桩桩欢乐和悲苦，
以及一件件激情和怨怒；
倾谈自己的耻辱和荣光，
什么在鼓劲，什么在刺伤。

你们就每天教人以明智，
虽然早已经远离尘世。

　歌唱激情和欢乐的诗人，
你们在尘世留下了灵魂！
你们也都有灵魂在天国，
在新的世界过双重生活！

（1818年8—12月）

幻　想

应当永远让幻想漫游，
欢乐绝不在家里停留：
甜蜜的欢乐一触就化掉，
像大雨激起的一个个水泡；
那就让插翅的幻想去流浪，
穿过那不断扩展的思想：
快敞开心灵牢狱的大门，
她会冲出去，飞向青云。
甜蜜的幻想呵，让她脱缰；
夏天的愉悦被享足就消亡，
春天的种种赏心乐事，
等花开花谢一切都流逝：
秋天的果实如圆唇红透，
雾霭里，露水下，一个个成熟，
尝够就生厌：那该怎么办？
你可以坐在炉火旁边，

看干柴着火，熊熊燃烧，
那是冬夜的精灵在舞蹈；
无声的大地全被覆盖，
经农家男孩儿用厚靴一踩，
整块的白雪就变得零乱；
这时候黑夜和中午会见，
在暗中策划，秘密商量
怎样把黄昏从天空流放。
你尽管坐着，肃穆安泰，
派遣幻想出使到域外，
给她崇高的使命：派她去！
她自有臣仆替她服务；
不怕严霜，她将会带回
大地丢失的千娇百媚；
她将会给你带来一切
盛夏季节的欢欣喜悦；
五月的蓓蕾、铃花，采自
带露的草地，多刺的树枝；
秋天堆积的丰盈财富，
她会神秘地在暗中偷出，
把种种欢乐协调在一起，
像三种美酒在一只杯里，

你将喝干它：你还会听到
远方清亮的丰收歌调；
收割庄稼的窸窣声音；
可爱的小鸟赞颂早晨：
就在这同一时刻——你听！
云雀鸣啭在四月初旬，
忙碌的乌鸦呱呱乱叫，
正在搜寻着树枝和稻草。
你呀一眼就能够看见
雏菊和金盏花在你面前；
百合披白羽，还有篱笆旁
初醒的樱草花盛开怒放；
风信子：五月中旬的花女王，
仿佛蓝宝石，在树荫里隐藏：
同一阵甘雨把珍珠抛洒
给每片树叶，给每朵鲜花。
你将会看见田鼠饿瘦，
不再冬眠，向洞外探头；
还有瘦蛇越过了冬天，
把蛇皮蜕在向阳的河沿！
斑驳的鸟蛋你会目睹，
在山楂树丛里正被孵育，

母鸟的翅膀一动不动
落在生满苍苔的巢中；
接着蜂巢里抛出群蜂，
一片骚乱和一片惊恐；
成熟的橡实被纷纷打落，
秋天的微风轻轻地唱歌。

　甜蜜的幻想呵，让她脱缰：
天下万物被耗尽就消亡：
哪里有红颜永不凋零，
永远悦目？哪里有美人
成熟的嘴唇永远鲜妍？
哪里有眸子，不管多蓝，
能永远迷人？哪里有容颜
在任何地方都可以看见？
哪里有嗓音，尽管温馨，
能时刻听到，恒久长新？
甜蜜的欢乐一触就化掉，
像大雨激起的一个个水泡。
那就让插翅的幻想给你
带来个姑娘合你的心意：

像刻端斯[①]的女儿，两眼柔美，
还没从痛苦之神学会
怎样皱眉，怎样责怪；
她的腰身如此洁白，
白得像赫柏[②]，她的腰带
一下子从金扣滑脱下来，
她的衣裙跌落到脚背，
她手里捧着芳醇的酒杯，
约夫醉倒了。——快快剪开
捆住幻想的丝绦网带；
快快打破囚她的牢狱，
她就会带来这许多欢愉。——
应当让幻想插翅漫游，
欢乐绝不在家里停留。

（1818年8—12月）

① 刻瑞斯（Ceres）：罗马神话中的谷物和耕作女神，她的女儿指她和朱庇特（宙斯）生的普罗塞嫔，即希腊神话中的佩耳塞丰。

② 赫柏（Hebe）：希腊神话中的青春和春天女神，原为斟酒女神，是宙斯和赫拉的女儿。

冷酷的妖女[1]

"为什么你这样痛苦呵，骑士——
　脸色苍白，独自彷徨？
湖上的芦苇已经枯萎，
　也没有鸟儿歌唱。

"为什么你这样痛苦呵，骑士——
　形容樵悴，神情沮丧？
松鼠的窝里已贮满粮食，
　收获都进了谷仓。

"我见你额角白如百合，
　渗出热汗像颗颗露珠，
我见你面颊好似玫瑰，

① 此诗原题为La Belle Damesans Merci（冷酷的妖女），出自法国诗人阿兰·夏尔蒂埃（Alain Chartier，1385—1435），他最著名的诗就题为La Belle Damesans Merci（1424）。英文译本约出现于1526年，假托译者为乔叟。后来被认为是罗斯（Richards Ros）的译作。

正在很快地干枯。”

“草地上我遇到一位姑娘，
美丽妖冶像天仙的娇女，
她头发曼长，腿脚轻捷，
有一对狂放的眼珠。

“我为她做了一顶花冠，
做了手镯和芬芳的腰带；
她对我凝视，像真的爱我，
发出温柔的叹息来。

“我抱她骑在马上慢慢走，
整天除了她，什么也不瞧：
她侧过身子倚着我，唱出
一支仙灵的歌谣。

“她为我找来美味的草根，
天赐的仙露和野地的蜂蜜，
她用奇异的语言说话，
想必是‘我真爱你’！

“她带我到她的精灵洞里，
　她哭了，发出哀叹一声声，
我用四个吻阖上了她那双
　狂放的、狂放的眼睛。

“她在洞子里哄我入睡，
　于是我做了——啊啊！灾难！
我做了从没做过的噩梦呵，
　在这凄冷的山边。

“我梦见国王，王子，武士，
　他们的脸色全是死白；
他们叫道：‘冷酷的妖女
　已经把你也抓来！’

“幽暗中我见到他们张大了
　饿嘴，发出可怕的警告，
我一觉醒来，发现自己
　在这凄冷的山腰。

“所以我就在这里逗留，
　脸色苍白，独自彷徨，

纵然湖上的芦苇枯了，
　也没有鸟儿歌唱。”

（1819年4月28日）

叙事诗

伊萨贝拉或罗勒花盆

采自薄伽丘的故事[①]

一

美丽的伊萨贝拉，纯情的伊萨贝拉！
　罗伦佐，爱神眼里朝圣的年轻人！
他们两人在同一所华屋里居住，
　怎能不心头骚动，思恋成病；

① 这首诗共六十三节，每节八行。原诗各节韵式均为abababcc；各行均为轻重格五音步。译文以五顿代五音步，用韵依原韵式。

薄伽丘（Giovanni Boccacio，1313—1375），意大利作家，杰出的人文主义者和意大利文艺复兴的先驱。他的作品有传奇、史诗、叙事诗、十四行诗、短篇故事集、论文等。他的《十日谈》是欧洲文学史上第一部现实主义巨著。济慈的这篇《伊萨贝拉》取材于《十日谈》中第四日的第五个故事，情节框架与原作基本相同，个别地方略有出入：主人公原名莉沙贝达；原有三个哥哥，被改为两个；三兄弟原为怕家丑外扬而谋杀罗伦佐，被改为女主人公的哥哥原打算把妹妹嫁给一名贵族，眼看此计将落空，于是起了杀心；原来知情的女仆被改为事先并不知情的保姆；事情发生的地点原为墨西拿（在西西里岛），被改为佛罗伦萨。济慈丰富了许多细节，特别是女主人公的心理刻画，加以诗的创造。诗中第十四、十五、十六节，描写两个哥哥靠残酷剥削工人而成巨富，深刻地描绘了被剥削者的悲惨处境，这是济慈添加上去的。爱尔兰作家萧伯纳曾指出，这几节诗中所写的场景集中表现了马克思在《资本论》中有关资本剥削的原理。

他们坐下来进餐，只要相互
　偎依在一起，怎能不感到称心；
确实，他们在同一屋顶下入睡，
怎能不梦见对方，夜夜流泪。

二

每天早晨，他们的柔情更浓，
　每天傍晚，他们的痴情更深；
他无论在屋里、田间、园中走动，
　眼睛里见到的全是她的倩影；
他情意绵绵的嗓音在她耳中
　比树叶萧萧、幽溪潺潺更动听：
她的琴弦回荡着他的名字，
她因这名字乱了手中的针黹。

三

他知道谁的柔手按上了门闩，
　不用等门开把她推送到眼前；
他能够从她闺房的窗口窥见
　她美的姿容，比鹰眼看得更远：

他守望，像她的晚祷，持常不变，
　因为她的脸仰望同一片苍天；
他熬过漫漫长夜，苦苦地盼望
听她早起下楼的脚步声踏响。

四

漫长的五月，经历了痛苦的相思，
　六月来临，他们的脸色更苍白：
“明天我要向我的所欢屈膝，
　明天我要向情人恳求青睐。”——
“啊，罗伦佐，我愿在今夜死去，
　如果你不把爱的歌曲唱出来。”——
他们只对着枕头这样说；唉！
苦涩的日子他一天一天地挨：

五

伊萨贝拉的没被碰过的嫩颊
　本该红扑扑，现在却一脸病容，
清瘦得就像年轻的母亲，当她
　想用摇篮歌减轻婴儿的病痛：

“她多么苦恼，”他说，“我不该说话，
　但我想坦率告诉她我爱在心中：
假如眉目能传情，我要饮她的泪，
至少这能够把她的忧烦斥退。”

六

一天清晨他这样自语着，整日
　他的心在撞击胸膛，猛烈跳动；
他暗暗向心灵祈祷，希望自己
　有胆量表白，但是他热血奔涌，
窒息了嗓音，把决心再次推迟——
　虽然对新娘的思念燃烧在胸中，
但随之而来的是孩子般的胆怯：
可叹！热恋是这般胆怯又狂野！

七

假如伊萨贝拉的锐眼没领悟
　他的前额透露的每一个征兆，
他就会再次失眠，内心痛苦，
　挨过相思的长夜，凄楚烦恼；

她见他额头苍白，表情僵木，
　立刻羞红了面颊，柔声说道，
“罗伦佐！”——她欲语又止，想问又怯，
他却从她的音容明白了一切。

八

“啊，伊萨贝拉，我只有一半把握——
　我可以把我的痛苦说给你听；
假如你相信过什么事情，那么，
　请相信我多么爱你，我的灵魂
已临近毁灭：我不用唐突的紧握
　来压痛你的手，不用大胆的紧盯
来冒犯你的眼；但我活不过今夜，
如果我不把满腔的情愫倾泻！”

九

“我爱！你在引导我走出严寒，
　姑娘！你在带领我奔向盛夏，
我定要品尝一朵朵沐着温暖、
　迎着美丽的晨光开放的鲜花。”

他原先羞怯的嘴唇变得勇敢，
　同她的嘴唇如诗韵成对相押：
他们感到无比的幸福和愉快，
欢乐如六月抚育的鲜花盛开。

十

告别时刻，他们高兴得飘飘然，
　一对被和风吹散的并蒂玫瑰
准备更加亲密地合拢成一片，
　把对方内心的芳馨吸取，融汇。
她走向闺房，吟着优美的诗篇，
　歌唱爱情的美妙，被爱的欣慰；
他踏着轻快的脚步登上西山，
向太阳告别，心里充满了喜欢。

十一

他们又秘密相会，那时候黄昏
　还没有揭开帷幕，让群星闪现，
他们每晚都幽会，那时候黄昏
　还没有揭开帷幕，让群星闪现，

躲入风信子和麝香馥郁的花荫，
　不让人知道，避开私议的人言。
啊！但愿他们俩能永远这样，
别让闲人取悦于他们的悲伤。

十二

他们会不会不快乐？——那不可能——
　我们为爱侣洒过太多的泪滴，
我们用太多的喟叹酬答过他们，
　在他们死后给过太多的怜惜，
看过太多的哀感故事，其内情
　最好能铸入灿烂的黄金字体：
除了这一页，讲到忒修斯的配偶[1]
远隔着大海对丈夫遥遥恭候。

十三

不过，爱情给予的奖赏无需过度，

① 指阿里阿德涅。忒修斯是希腊神话中的英雄，雅典王埃勾斯的儿子。他在克里特王弥诺斯的女儿阿里阿德涅的帮助下，杀死了每年要用七对童男童女喂养的怪物弥诺陶罗斯。他带走了阿里阿德涅，后来又把她遗弃在那克索斯岛上。

　片刻的欢愉能消弭长期的辛酸；
尽管狄多[①]已安息在密林深处，
　伊萨贝拉忍受着巨大的磨难，
尽管罗伦佐没被印度丁香树
　温暖的香气熏醉，可真理没变——
就连小蜜蜂，向春花丛中求恩赐，
也知道毒花里藏着丰富的蜜汁。

十四

这美人和两个哥哥住在一起，
　祖传的财货使他们家境富裕，
在火炬照明的矿坑、喧闹的厂里

　有多少劳工为他们挥汗如雨，
多少一度带箭袋的腰身被鞭子
　抽打得血肉模糊；多少人双目
深陷，整天站在耀眼的河中，
把水里漂走的贵重金砂集拢。

① 狄多（Dido）：罗马神话中迦太基的建国者和女王。维吉尔的史诗《埃涅阿斯纪》中说她落入特洛伊王子埃涅阿斯的情网，因后者离去而感到绝望，终于自杀。

十五

锡兰潜水者屏住呼吸，为他们
　赤裸着全身游向饥饿的鲨鱼；
他的耳朵为他们冒血，为他们，
　海豹可怜地呻唤着，满身箭镞，
死在冰块上；千百人就为他们
　在茫茫无边的水深火热中受苦：
他们生活得欢快，怕不大明白
他们正架起刑具在杀戮、屠宰。

十六

他们凭什么骄傲？凭石砌喷泉
　喷水比可怜虫流泪流得更欢吗？——
他们凭什么骄傲？凭橘园青山
　比之于病丐[1]的台阶更好登攀吗？
他们凭什么骄傲？凭注销的账单
　多得超过古代希腊的歌篇吗？
凭什么骄傲？我们再高声问道，

① 病丐：《圣经·新约·路加福音》第十六章二十至二十三节载，台阶上乞讨，死后升入天堂，财主则入地狱。

向荣誉起誓，他们凭什么骄傲？

十七

但是这两个佛罗伦萨人却依凭
　傲慢的贪欲、怯懦的掠夺而逍遥，
像是圣地的两个吝啬的犹太人
　围起葡萄园严防乞丐来瞧一瞧；
像是桅杆般森林中盘旋的鹫鹰——
　像马骡驮筐拼命找谎言和财宝——
像猫爪迅速扑向离群的肥鼠，——
对西班牙、托斯卡纳[①]、马来语运用自如。

十八

这样的两个算账人怎能窥见
　暖窝里美人伊萨贝拉的隐秘？
他们怎能从罗伦佐眼里发现
　心不在焉的神态？是埃及瘟疫
进入了他们狡猾贪婪的视线！

① 托斯卡纳方言被认为是意大利的标准语。

　这两个财迷怎能分清东和西？——
可他们做到了——正如野兔被追赶，
正经的商人都得时时往后看。

十九

啊，著名的文豪、天才的薄伽丘！
　如今我们该请求你宽宏大量，
求你那盛开的香花桃金娘原宥，
　求你那恋着月亮的玫瑰花见谅，
求你那因不再听到你琴声悠悠
　而变得苍白的百合也宽恕一趟：
这些斗胆写下的诗句实难以
表达出如此阴郁的悲剧主题。

二十

只要得到你原谅，这故事就将
　从容不迫地讲下去，有条不紊；
我没有什么邪念，也不曾妄想
　把古代散文变作更美的新韵：
但是我写了——无论成败，这诗章

是为了敬献给你的在天之灵；
用英语诗歌来表现你的精神，
让北方的风中回荡起你的声音。

二一

那两个兄弟从种种迹象发觉
罗伦佐深深爱上了他们的妹妹，
而她也爱他，两兄弟相互发泄
胸中的怨气，说着更怒气加倍，
他只是他们商业事务的跑街，
居然能乐享妹妹深情的恩惠，
他们原计划诱导她逐步就范，
投向那贵族和他的橄榄树庄园。

二二

多少次，他们嫉恨地互相商议，
多少次，他们咬紧自己的嘴唇，
终于想出了办法，要万无一失，
叫那个小伙子为他的罪孽偿命；
最后，这两个毫无人性的汉子

用快刀狠狠劈碎了仁慈的良心；
他们决定在幽暗的森林里动手
杀死罗伦佐，并就地埋葬尸首。

二三

于是在一个晴朗的早晨，他正在
花园里一方露台上倚栏探望
东方的日出，两兄弟向他走来，
足迹踏过了露珠；他们对他讲，
“罗伦佐，你好像十分满足、安泰，
我们不愿打搅你宁静的遐想、
安恬的思索；可要是你聪明的话，
趁天冷，不妨跨骏马驰骋一下。”

二四

“我们打算在今天——对了，就此时
策马向亚平宁山脉奔驰十哩[①]路，
请你下来吧，趁骄阳还没有开始

① 十哩：原文是三里格（反明此），一里格约合三哩（英里）或五公里。

　数蔷薇花上露水串成的念珠。”
罗伦佐像往常一样彬彬有礼，
　对两条嘶叫的毒蛇欠身答复；
他匆匆前去把一切准备就绪：
　腰带、靴刺和紧身的猎人装束。

二五

当他朝着庭院里走去的时候，
　每走三步停一停，他留心倾听，
想听到姑娘在早晨一展歌喉，
　想听到她的脚步如细语轻轻；
他的心正在强烈的恋情中逗留，
　忽听到从上面传来悦耳的笑声；
他抬头看见那姑娘光艳照人，
　正在窗子里微笑，无比欢欣。

二六

“伊萨贝拉，我爱！”他说，“我真苦，
　就怕来不及向你道一声早安：
啊！只分别三点钟我就受不住

　种种忧虑的煎熬，假如我一旦
失去你又会怎样？但我们会走出
　相思的暗夜到达爱情的明天。
再见！我很快就回来。”——“再见！”她说：——
他离她而去，她却愉快地唱歌。

二七

于是两兄弟和他们谋杀的对象
　驰出佛罗伦萨城，到阿诺河边，
河水奔流过狭窄的两岸，岸上
　飘舞着香蒲给河水不断打扇，
鲷鱼正逆流而上。口水的时光，
　两兄弟看上去面色惨白，疲倦，
罗伦佐满面是爱的红润。——他们
过河进入适宜于杀人的森林。

二八

就在那里罗伦佐被杀害，埋葬，
　他的崇高的爱情就到此为止；
啊！灵魂从躯壳里得到了释放，

　　仍在孤独中悲痛——它不得安息，
正如蹿出来犯罪的恶狗那样：
　　两兄弟各自把剑在水里洗一洗，
然后用靴刺猛烈地驱马回家走，
由于杀了人他们俩变得更富有。

二九

他们告诉妹妹说，罗伦佐如何
　　奉命急匆匆乘船去到了国外，
这全是由于他们商务的紧迫，
　　急需把可以信赖的人手委派。
可怜的姑娘！穿上寡妇的丧服吧，
　　挣脱“希望”的应予诅咒的箍带！
今天你不会见到他，明天也不会，
下一个日子又将是一整天伤悲。

三十

她因为失去欢乐而独自流泪，
　　她哀哀哭泣，直哭到夜晚来临，
这时候，不再有热恋，哦，可悲！

　她只好独自冥想着过去的欢情：
仿佛在幽暗中她见到他的眼眉，
　向一片岑寂她发出轻轻的呻吟，
她把纯洁的两臂向空中伸起，
在榻上低叫："在哪里？啊，在哪里？"

三一

但"自私"，"爱情"的表弟，不可能长久
　在她专一的胸膛里烧着烈火；
她曾为盼不到黄金时刻而发愁，
　为等待那时刻到来而不安、燥热——
但是没多久——很快，更高尚的念头，
　更强烈的向往，来到了她的心窝，
带着悲剧的意味；热情止不住，
对颠沛在外的情人更不免恸哭。

三二

到了仲秋的季节，当黄昏莅临时，
　从远方吹来冬的凛冽的气息，
使面带病容的西天不断丧失

金黄的色彩，并在灌木丛林里，
树叶之间，奏出旋舞曲歌颂死，
催万物凋零，然后冬鼓起勇气
走出北方的洞穴。而伊萨贝拉
也逐渐枯萎，失去了美的光华——

三三

因为罗伦佐没回来。她的目光
已失去亮色，她竭力镇定眼神，
多次问她的哥哥，是什么鬼地方
使他长时期回不来？兄弟二人
一次次撒谎稳住她。他们的头上
笼罩着罪恶，像欣诺姆谷地[①]的烟云：
他们每夜在梦里都呻唤不已，
见到妹妹穿一身雪白的尸衣。

三四

恐怕她到死也懵懂，不明真相，

① 欣诺姆谷地：在巴勒斯坦。据《编年史》记载：阿哈兹由于憎恶异教徒，在欣诺姆谷地把自己的两个孩了活活烧死。欣诺姆谷地的烟云象征杀人的罪恶。

要不是来了个无比凶险的暗示；
它恰如偶然喝下的烈性药汤，
能从羽饰的棺罩下救人于垂死，
让人再喘息几分钟；它也像长枪
狠狠的一刺，能使印度人醒自
云翳的厅堂，并使他重新感知
烈火在他的心头和脑际咬噬。

三五

那就是梦境。——在朦胧的昏睡中，
阴沉的午夜时刻，她卧榻之旁，
罗伦佐站着，流泪，林中的坟茔
损毁了他的头发，发上没丝光
能再次与阳光媲美；凛冽的寒冷
封锁了他的嘴；他那凄凉的柔嗓
失去了琴韵悠扬，泥污的耳轮上
划出了小沟让他的眼泪流淌。

三六

幽灵说话了，那声音多么奇怪，

　仿佛在努力转动可怜的舌头，
想把生前惯用的声音发出来，
　让伊萨贝拉细听着乐音悠悠：
那声音不断地颤抖，透出倦怠，
　像祭司木然把松弦的竖琴弹奏；
在那声音里，呜咽着鬼魂的伴唱，
像夜风凄厉地吹过多棘的坟场。

三七

幽灵的眼睛狂乱，却仍然闪亮，
　流露着爱情，凭这眼睛的法术，
可怜的姑娘摆脱了虚幻的惊慌；
　幽灵把黑暗编出的可怕织物
统统拆开，——讲到那贪婪和狂妄
　引起的谋杀，——森林里幽暗的松木
造成的树荫，——山谷里阴湿的草泥，
在那里，无声地，他被刺杀，倒地。

三八

“伊萨贝拉，我爱！”幽灵又说道，

“红色越橘果在我的头上垂挂，
巨大的燧石压着我的两只脚；
柏树和果树在我的周围撒下
枝叶和多刺的坚果；咩咩的羊叫
从河的对岸直传到我的卧榻：
去吧，向我枕边的杜鹃花洒滴泪，
坟里的我呀，会从这得到安慰。

三九

“如今我是个幽灵了，可悲啊，唉！
如今我待在人类天性的外沿，
茕茕孑立：我独自把弥撒唱起来；
生命的细小声音在四周轻叹，
闪光的蜜蜂在中午飞向野外，
教堂钟声告诉人时辰的早晚，
刺痛我：对这些声音我感到生疏，
而你在无比遥远的人间居住。

四十

“我知道过去，也完全感觉到现在，

只要灵魂会发火，我就会发怒；
尽管人世的幸福我已经忘怀，
苍白的余烬仍温暖着我的坟窟，
我似已从光的穹隆选出天使来
做妻子：你一脸苍白使我欢愉；
我渐渐爱上了你的美质，我发觉
更伟大的爱情已渗透我的一切。”

四一

幽灵哀叹说，“再会！”——就消失不见，
给无边黑暗留下轻微的骚动；
像我们在温馨的午夜不能安眠，
回想着艰辛的岁月，无益的劳动，
我们把眼睛埋在枕头缝里面，
看到闪烁的暗影在翻滚奔涌：
幽灵使伊萨贝拉的眼皮疼痛，
天刚亮，她突然惊起，醒自梦中：

四二

“哈哈！”她说，“我不知人生残酷，

　　原想最坏的不过是单纯的贫困；
想命运只教人苦斗或让人享福，
　　人们快乐地度日，或一命归阴；
可居然有罪恶——哥哥血腥的刀斧！
　　你给我上了启蒙课，亲爱的幽灵：
因此我要去看你，吻你的眼睛，
每天早晚问候你在高高的天庭。”

四三

这时候天色大亮，她已经想定
　　怎样秘密地向那座黑森林走去；
怎样找到那抔土，她珍爱的坟茔，
　　向着那抔土唱支最新的催眠曲；
要做到没人知道她暂时出门，
　　让她去证实梦中隐秘的疑虑。
打定了主意，她带着年老的保姆，
一步步走近那可怖的林中坟墓。

四四

看呵，她们沿河走，蹑手蹑脚，

她对老保姆说话，低语悄悄，
她环顾旷野，然后，拿出一把刀。——
“你胸中有什么热病如烈火燃烧，
孩子？——为什么这会子你又含笑，
是迎接喜事降临？”——等黄昏来到，
她们才找着罗伦佐长眠的土床；
燧石压坟，越橘果在坟的上方。

四五

谁不曾在绿色墓园里徘徊漫行，
让自己的精魂像只机灵的鼹鼠
钻透地下的黏土，坚硬的沙砾层，
去探看棺中的脑壳、尸骨和丧服？
谁不曾痛惜被死神摧残的身形，
想再次让死者拥有人类的灵府？
啊！这感觉好比是过节，怎比得
伊萨贝拉向罗伦佐跪着的时刻！

四六

她两眼凝视着那座新垒的坟墓，

仿佛一眼就看透了其中的秘密；
她看得清楚，正如谁都能认出
　清亮的井底躺着的苍白肢体；
在杀人的地方她仿佛扎下根株，
　像朵土生的百合在谷中挺立：
突然她抽出小刀向地下挖掘，
挖得比财迷挖金子还要热切。

四七

很快她挖出一只泥手套，手套上
　有她用丝线绣出的紫色幻想，
她吻着手套，嘴唇比石头还凉，
　她把它揣在怀里，紧贴着胸膛，
在怀里手套把甘饴冻结成冰霜，
　那甘饴可用来止住婴儿的哭嚷：[①]
她继续小心地挖掘，不稍停留，
不时把挡脸的头发甩向脑后。

---

① 这两行写伊萨贝拉美好幻想的破灭。她原想成为妻子，将来有孩子，一切都成为泡影。“甘饴”可能指喂婴儿以甘乳的乳房。“手套”象征罗伦佐的死亡。

四八

老保姆站在她旁边，觉得奇怪，
　看这艰苦的挖掘，凄凉的景象，
她的深心里充满着同情、怜爱，
　她跪在地上，哪怕已白发苍苍，
也用她枯瘦的两手挖掘起来：
　可怕的劳作进行了三点钟时光；
最后她们挖到了坟墓的中央，
伊萨贝拉没跺脚，也没有叫嚷。

四九

唉！为什么尽说些虫豸的地窖？
　为什么老在坟坑边沉吟徘徊？
啊，要是有优雅的传奇该多好，
　游吟诗人纯朴的哀歌也不坏！
亲爱的读者，请把老故事[①]瞧一瞧，
　因为，这故事在我的诗篇里实在
讲不好：——最好你还是去阅读原著，

① 老故事：指薄伽丘《十日谈》中第四日的第五个故事，即本诗所据的故事。

品尝那惨淡景象里流出的乐曲。

五十

比不上佩耳修斯[①]用快刀割下
　狰狞女怪的头颅，她们用钝刀
割下了人头，这人头死后也温雅，
　同它活着时一样。古琴曾唱道，
爱情是永生的主宰，不死，不垮：
　它也许正是爱情的化身，死得早，
伊萨贝拉正吻着它，低声啼哭，
它就是爱情；一死了，但没有被废黜。

五一

她们急忙把头颅偷偷带回家，
　它成了伊萨贝拉独有的宝贝：
她用金梳子梳匀了它的乱发，
　在两只墓穴般深凹的眼窝周围

① 佩耳修斯：希腊神话中的英雄，宙斯之子。曾用弯刀把女怪墨杜萨的头颅割下来，装进神袋里，最后装在雅典娜的盾上。墨杜萨的面貌极其丑陋可怕，她的头发全是毒蛇，凡看她一眼的人都变成石头。

把睫毛梳得挺直；脸上有泥巴，
　她用眼泪——冷得像一滴滴泉水，
把污泥洗掉：——她继续用梳子梳理，
整天叹息，——不断地吻它，哭泣。

五二

她用丝织的围巾裹住它，在上面
　洒着阿拉伯奇花吐出的露珠，
洒着从幽冷的蛇状笛管里缓缓
　渗流出来的提神醒脑的仙露，
使丝巾香甜；还给它准备好坟坛，
　她选出园里的花盆，把它放入，
用泥土覆盖，在上面栽种一株
　芬芳的罗勒花，用眼泪日夜灌注。

五三

她忘了星星，忘了月亮和太阳，
　她忘了树林上面蔚蓝的天空，
她忘了幽谷里溪水潺潺流淌，
　她忘了深秋时节吹来的寒风；

她木然不知道白天何时过完，
　看不见晨光来临：只是在平静中
始终俯身守着那芬芳的罗勒花，
朝着花心用泪水一次次浇洒。

五四

她日日夜夜不断用清泪喂养它，
　于是它长得茂盛，青翠，美丽，
比佛罗伦萨城里同类的罗勒花
　芳香百倍；因为它除了泪滴，
还从人们害怕的、速朽的脑瓜——
　秘藏的头颅得到养料和生机：
于是这宝贝就从密封的盆内
怒放出鲜花，伸展出香叶葳蕤。

五五

哦，“忧郁”呵，在这里逗留片时吧！
　哦，音乐呵，音乐，请黯然吹响！
哦，回声呵，回声，向我们叹息吧，
　叹息在缥缈的岛屿，在遗忘之乡！

痛苦的精灵呵，抬头露出笑意吧；
　亲爱的精灵，让沉重的头颅高昂，
请在阴暗的柏枝间射出幽光来，
把银的苍白染上大理石坟台。

五六

所有的悲声呵，都到这里来呜咽，
　从悲剧女神深深的嗓子里出来！
让青铜弦琴鸣响凄惨的音乐，
　请弹拨丝弦，奏出神秘的悲哀；
让哀辞迎风倾诉，低沉又悲切；
　因为，纯真的伊萨贝拉将很快
与死者为伍：她逐渐枯萎，像一株
被印第安人砍下取香汁的棕树。

五七

啊，让那株棕树独自凋枯吧；
　别让严冬冷彻它临终的时刻！一
也许不可能——那两个拜金的狂徒，
　她的哥哥，注意到她眼含死色，

仍不断泪如泉涌；而她的亲属——
　几个好事的家伙，奇怪得了不得：
天赋的青春和美貌被抛在一旁，
这个女子不去当贵族的新娘。

五八

而且她两个哥哥也十分奇怪，
　为什么她垂头坐在罗勒花一旁，
为什么那花着了魔似的盛开；
　他们惊疑地猜测事情的真相：
当然，俩家伙不可能想象出来
　这无足轻重的东西竟然有力量
使她舍弃美丽的青春和欢快，
甚至不想念她情人久不归来。

五九

因此他们就留神察看，以便
　探明她隐秘的心事；但久而无效；
因为她很少去教堂忏悔罪愆，
　她也几乎不感到饥饿的煎熬；

她偶尔外出，也总是匆匆回转，
　像鸟儿为了孵卵而急飞归巢；
然后像雌禽一般耐心地坐下，
偎着罗勒花，任泪珠滚湿头发。

六十

他们还是偷到了那罗勒花盆，
　拿到秘密的角落去仔细察看；
花上染着青绿和死灰的斑痕，
　他们认出这是罗伦佐的容颜：
他们已得到谋害人命的奖品，
　就离开佛罗伦萨在匆促之间，
永远没回来。——他们逃走了，头上
带着罪恶的血迹，去他乡流亡。

六一

哦，“忧郁”呵！把你的目光移去吧！
　哦，音乐呵，音乐，请黯然吹响！
哦，回声呵，回声，改日再叹息吧，
　改日向我们叹息在岛峻，在忘乡！

痛苦的精灵呵，暂停歌唱“悲兮”吧！
　因为可爱的伊萨贝拉将死亡；
她将要死于孤寂，死含遗恨：
他们夺走了她亲爱的罗勒花盆。

六二

可怜，她望着没有知觉的石木，
　深情地向它们索还罗勒花株；
她嗓音凄凉，如琴弦悠然发出
　咯咯的笑声，她用这声音喊住
正在漫游的香客，让停下脚步，
　她问，她的罗勒花如今在何处；
为什么不让她见到：她这样哀诉，
“偷走我的罗勒花是多么残酷！”

六三

就这样她日趋憔悴，凄凉地死去，
　到死还哀求还给她罗勒花盆。
在佛罗伦萨，对她的爱情悲剧，
　没人不悲伤，每颗心都充满同情。

有人据此编出了哀婉的歌曲，
　口口相传，在整片国土上流行：
歌的叠句永远是这样——“好狠心，
是谁呀，偷走了我的罗勒花盆！”[①]

（1818年3—4月）

① 薄伽丘《十日谈》中第四日第五个故事末尾也引了这首歌，大意相同。据注家称，这原是一首西西里民歌的开头两句。

圣亚尼节前夕[1]

一

圣亚尼节前夕——啊，彻骨的凛冽！
猫头鹰披着厚羽也周身寒冷；
野兔颤抖着拐过冰冻的草叶，
羊群拥挤在羊栏里，寂静无声：
祈福人[2]数着念珠的手指已经
冻僵，他呼出的热气凝成白雾，
像古铜炉里敬神的香烟上升，
没一刻停滞，向天空裳袭飞去，
飘过圣母的画像——他不断把祷辞念出。

① 这首诗共有四十二节，每节九行。原诗各节第一至八行各为轻重格五音步，第九行为轻重格六音步；韵式为ababbcbcc。译文以顿代步；韵式依原诗。

圣亚尼节：圣亚尼（St.Agnes），基督教的圣徒，约公元300年她十三岁时殉教。她是处女的保护者。在中世纪流传着一种说法：贞淑的处女在圣亚尼节的前夕（1月20日）遵守一定的仪式，可以在梦中见到未来的丈夫。

② 祈福人：专门为恩主祈祷赐福的侍从。

二

这个耐心的祈福人做完祷告；
提起油灯，从跪着的地方起身，
他回头走去，清癯，赤足，又疲劳，
沿着教堂的夹道，缓缓地行进：
两旁死者的塑像似已冻成冰，
似在黑色炼狱的围栏里坐牢：
骑士和贵妇，默默地祈求神灵，
他从旁经过；神志疲弱，想不到
冷的头巾和铠甲把他们冻得受不了。

三

穿过了一扇小门，他转身向北，
还没走三步，传来了音乐悠扬，
可怜的老人听了便流下喜泪；
但是呵，且慢——丧钟已为他敲响：
他此生的欢乐已被说完，唱光：
在圣亚尼节前夕，他该去忏悔：
于是他走向另一个地方，马上
坐进了灰堆，为他的灵魂赎罪，

他整夜没睡，为众生之罪而痛苦伤悲。

四

祈福的老人听到柔婉的序曲；
因为恰好有许多人来来往往，
门都敞开了。立刻，直飘向高处，
清亮、狂放的号角一声声震响：
一排房间射出了璀璨的灯光，
已做好准备来迎接嘉宾成千：
飞檐下站着一群天使的雕像，
他们永远睁大着凝望的两眼，
头发向后飘，一双双翅膀交叠在胸前。

五

终于在银灯之下掀起了狂欢，
攒聚着羽饰，花冠，耀眼的盛装，
像无数幻象影影绰绰地涌现
在少年心头，这里还不断传扬
古代传奇的故事。这些且不讲，
让我们来专心叙述一位少女，

在这严寒的冬日，她一心向往
爱情，神驰于亚尼圣洁的关注，
因为她已听到过老妈妈多次的讲述。

六

老妈妈讲过，在圣亚尼节前夕，
年轻姑娘能见到爱人的影像，
能接受情郎缠绵的柔情蜜意，
在这节日前欢悦的午夜时光，
只要姑娘们谨守着仪式规章；
例如，必定要不进晚餐就上床，
让白如百合的身体仰天平躺；
不准后顾或旁视，只准对天堂
仰视，求上苍来满足她们的一切热望。

七

沉思的梅黛琳心中充满幻想：
音乐声声，像天神在痛苦呻唤，
她没听见：她纯洁虔诚的目光
向下看，见仕女裙裾扫过地板，

熙来攘往，她毫不在意：美少年，
多情的骑士，踏脚走到她身旁，
失望而退去；不是她无礼傲慢，
是她没看见；她心向别的地方，
渴望着亚尼会赐给幸福，甜蜜的梦乡。

八

她舞在堂前，对别人无心关注，
她嘴唇焦渴，呼吸紧张而急促：
神圣的时刻近了：四周是铃鼓
脆响，客人们簇拥着来来去去，
悄声说笑，或吐出愤懑的低语，
脸上有爱怜，轻蔑，挑衅和厌恶，
蒙在幻境里；这些她全然不顾，
只把圣亚尼和她的羔羊[①]记住，
憧憬着天亮前能够得到至高的幸福。

① 在圣亚尼节，对这位处女圣徒祭祀时需用两只羔羊。这些羔羊的毛由经过挑选的修女用特殊的织机纺织，制成衣服。

九

这样，她每时每刻准备去上床，
却还在徘徊。这时候，越过旷原，
青年波菲罗来了，心头火正旺，
为了梅黛琳。他站在大门旁边，
躲开明亮的月光，他发出祈愿——
愿天使给他机会一睹梅黛琳，
在他耐心久等后给一个瞬间，
让他悄悄凝视她，倾注爱慕心；
也许能说话，屈膝，或亲吻——后来都成真。

十

他大胆进门，要防止传言流行
要蒙住人眼，否则万剑如闪电
会劈他的心——热烈的爱的卫城：
对他来说，房间里是一伙蛮汉，
阴狠的敌人，脾气暴躁的大官，
他们的狼狗也对他龇牙诅咒，
厉声狂吠：没有人给他一丁点儿
善意，在这座可憎的楼屋里头，

只有一个身心俱衰的老妈妈与他为友。

十一

啊，事情真凑巧！老妈妈已出现，
她手中拄着象牙头饰的拐杖，
蹒跚着挨近，他躲过火炬光焰，
站在大厅的圆柱后，避开笑浪，
远离欢声和没精打采的合唱：
他使她一惊；她很快认出面庞，
紧握他的手，用她颤抖的手掌，
她说，“天！波菲罗，快离开这地方：
他们整夜在这里，这一帮喝血的豺狼！”

十二

“快走！快走！矮个子希尔德布兰
最近得了场热病，病中他诅咒
你以及你的宗族、土地和家园：
还有莫里斯勋爵，尽管白了头，
却没有半点儿慈悲心——唉！赶快走！
逃个没影儿！”——“亲爱的老妈妈，哦！

咱挺安全；请坐在安乐椅里头，
对我细说。“——老天爷！这里不能说：
跟我来，要不这石头会成了你的棺椁。”

十三

他跟她走过矮矮的穹顶甬道，
头上高高的羽饰扫过蜘蛛网，
老妈妈咕哝着，“哎呀，真正苦恼！”
他走进一间小屋，洒满了月光，
银白，有窗格，凄清，静得像坟场。
“告诉我梅黛琳现在哪里，”他讲，
“说吧，安吉拉，看在织机的分上——
神圣的织机只有修女知其详，
她们为了圣亚尼虔诚地把羊毛细纺。”

十四

“圣亚尼！啊！今晚，圣亚尼节前夕
可就在神圣节日，恶人会谋杀：

你得像巫婆把水装在筛子里，[1]
你得把妖魔鬼怪都加以管辖，
才好进来：见到你我多么惊诧，
啊，波菲罗！——今晚，圣亚尼节前夕！
求上帝保佑！小姐要尝试魔法，
在今天夜里：愿天使教她着迷！
让我笑一笑，我有足够的时间去哀泣。”

十五

淡淡的月光下，她的笑容微弱，
波菲罗仔细注视着她的面庞，
像顽童好奇，望着龙钟老太婆——
她的谜语书没打开，拿在手上，
她戴着老花眼镜，坐在壁炉旁。
但当她说出小姐的心愿，立即
他两眼发光；止不住眼泪流淌，
想到寒夜里会有怎样的奇迹，
梅黛琳要按照古代的传说上床安憩。

---

① 指具有超自然的力量。

十六

突然来了个念头，像玫瑰绽开，
他面额绯红，在他痛苦的心中
掀起紫色骚动：他壮胆提出来
一个设想，老妈妈却大吃一惊：
“没想到你敢这样地放肆，不恭：
该让好姑娘祈祷，入睡，在梦里
跟她的天使在一起，像你这种
狂徒绝不能接近她。去！快离去！
我只觉得你不是我想象中的那个你。”

十七

“凭圣徒发誓，我不惊动她，决不！”
波菲罗说道：“哪怕临终向苍天
竭力做祈祷，我仍将万劫不复，
只要我动一动她的半绺发髻，
或带着贪欲去观看她的容颜：
安吉拉，凭我的眼泪你该放心；
要不然，我会发出惊人的叫喊，
就在此刻，把我的敌人们喊醒，

向他们挑战，哪怕他们比豺狼更凶狠。“

十八

“啊呀！你何苦吓唬衰迈的魂灵？
我是半瘫的、快进墓园的废物，
不用到半夜，丧钟会为我而鸣；
我为你向上苍祈祷，朝朝暮暮，
哪天疏漏过！”——听了她这番倾诉，
热情如炽的波菲罗变缓口气，
说他真烦恼，深陷相思的痛苦；
安吉拉终于向他许诺，她愿意
为他出把力，是福还是祸都在所不计。

十九

计划是，要她偷偷地给他带路，
进入梅黛琳的卧房，把他藏在
一间壁橱里，他可以声色不露，
看到梅黛琳窈窕美丽的体态，
只要有许多仙子在衾面往来，
用魔法使她合上眼沉入睡眠，

今夜或许能赢得新娘的青睐。
自从墨林把巨债向魔鬼偿还，[1]
从来没有情人们相会在这样的夜间。

二十

“你可以如愿以偿，”老妈妈说道，
“今儿是饮宴之夜，我立刻给您
准备好美味佳肴：你将会看到
刺绣架旁她的琴：时间要抓紧，
因为我又老又迟钝，头脑发晕，
我敢把操办饮宴这事当儿戏！
耐心等一等，孩子；跪下求神明：
啊！你必定能够跟小姐结伉俪，
否则我灵魂难升天，永远住在坟墓里。”

二一

说完了，她蹒跚而去，不胜惊惧。
情人的时间过得慢，像没尽头；

---

① 传说墨林是亚瑟王宫廷里的男巫，原是魔鬼的儿子。他把符咒教给了女巫维维安，女巫反用这符咒把墨林禁闭起来。

老妈妈回来了，在他耳边低语：
“你跟我来。”她老眼昏花，却依旧
惶恐地察看动静。见没人，然后，
他们走过一道道黝黑的长廊，
来到小姐的绣房，纯净而清幽；
波菲罗满心欢喜，在室内隐藏。
他的领路人忙退下，心里还带着慌张。

二二

她的手颤颤巍巍把栏杆扶住，
老妈妈安吉拉摸黑走下楼梯，
这时梅黛琳，亚尼护佑的少女，
正上楼，像负有使命去赴佳期：
她手拿银烛，虔敬地，小心翼翼，
回房去，借着烛光老妈妈下楼，
踏到平地草垫上。准备好，注意，
年轻人波菲罗！你看那边床头，
她来了，来了，像受惊飞来的一只斑鸠。

二三

她进房走得匆匆，使蜡烛熄灭；
一缕轻烟溶化入苍白的月光：
她关上房门，喘口气，一心迎接
冥冥之中的精灵和万千幻象：
不能出点儿声，否则，就祸从天降！[①]
但在她心里涌动着万语千言，
尽管这会使她的芳心憋得慌；
正如喑哑的夜莺把歌喉呜啭
却不能发声，心中窒闷，殒灭在山谷间。

二四

卧室有三重拱形高大的窗扇，
框边雕刻着花纹，精巧的图像，
果实和花朵交叠，两耳草铺垫，
窗玻璃设计得别致，晶莹灿亮，
五彩缤纷的板块，交错着嵌镶，
仿佛豹灯蛾斑斓似锦的双翅；

① 仪式规定，必须绝对闭口不语，才能梦见未来的丈夫。

窗子上四面拼绘着图案纹章，
依稀的圣徒形象，朦胧的花饰，
中央是盾牌，染着帝后们暗红的血渍。

二五

冬日的月光照进了这片窗棂，
把暖的红色映上梅黛琳胸膛，
这时她跪着感谢上天的施恩；
玫瑰红染上合着的素手一双，
银色十字架变作紫水晶炫亮，
光环罩发丝，使她像圣徒，又似
光辉的天使，着新装，只待插上
翅膀飞向天，——波菲罗如醉如痴：
她跪着，如此纯洁，没尘世的一点儿瑕庇。

二六

他的心重又跳动：她做完晚祷，
把她发上成环的珠玉解下来；
卸除一颗颗沾着体温的珍宝；
又把溢满着体香的胸衣松开；

一件件绣衣鲜地滑下膝盖:
像条美人鱼半裸在海藻下面,
她沉思片刻,睁着眼做梦,就在
幻想中见到圣亚尼与她同眠,
她不敢回头看,否则魔法会烟消云散。

二七

很快地,她半醒半醉,心神茫然,
微颤着躺在冰凉柔软的窝里,
直到睡眠的暖意如罂粟熏染
松软的四肢,她觉得心劳神疲;
像一缕情思飞去迎晨光升起;
幸福地睡着,全不知忧喜苦乐;
仿佛异教徒用的祈祷书紧闭;
不感到丽日当空或大雨滂沱,
就像能闭拢又能再开的玫瑰花一朵。

二八

偷进了这样的天国,心醉神迷,
波菲罗看着她身上脱下的衣裳,

倾听着她的鼻息，也许那呼吸
已经苏醒在睡梦的温柔之乡；
终于听到了，祝福这片刻时光，
他松了口气：蹑足从壁橱出来，
悄没声，仿佛恐惧地经过蛮荒，
踏上无声的地毯，他步子轻迈，
透过帐缝去窥视，瞧她呀，多酣的睡态！

二九

在她的绣床旁边，暗淡的月亮
洒下朦胧的银光，他轻手轻足
摆好了桌子，忐忑不安地铺上
有朱红、金黄、彩墨花纹的桌布：——
哦，但愿能挂上摩耳甫斯①护符！
以避开夜宴笑闹，嘹亮的号角，
远处吹奏的竖笛，猛敲的铜鼓：
他感到刺耳，尽管喧嚣声渐消：一
这时厅门又关上，一切复归于静悄悄。

① 摩耳甫斯：希腊神话中的睡梦之神。有了他的护符就能沉浸在睡梦之中。

三十

眼睑上映着青光，她依然酣眠，
盖着纯白亚麻被，柔滑，熏了香，
他从壁橱里拿出一盘又一盘
苹果脯，榅桲，李子，南瓜的甜瓤；
胜过奶油酥酪的各色果子酱，
澄明的蜜露，肉桂的香味渗透，
仙浆，海枣，鲜美的菜肴和羹汤；
这些全是用海船运来：桌上有
来自非斯[1]、撒马罕[2]、黎巴嫩等地的珍馐。

三一

他以激动的双手把这些美馔
盛在金盘里，装在用银丝镶边、
闪闪发亮的篮子里；一席华筵
置备在这幽僻而安谧的房间，
冷的夜气里飘着一丝丝香甜。——

① 非斯：摩洛哥北部城市。
② 撒马罕：亦译作撒马尔罕，古代波斯城市，现为乌兹别克斯坦东南部城市。

“亲爱的，我的美丽的天使，醒来！
我是你的崇拜者[1]，你是我的天：
为了圣亚尼，请你把眼睛睁开，
要不然我就会晕在你身旁，心痛难耐。”

三二

低语时，他把温暖乏力的手臂
落到她的绣枕上。幽昧的帏帐
罩着她的梦：——这是午夜的魔力，
似冰川，不可能立即融化，消亡：
晶莹的杯盘反射月亮的幽光；
地毯上织着宽阔的金色花边：
看来他永远、永远无法使姑娘
从这强力的魔法中复苏，睁眼；
他默想片刻，竟也沉入了交织的梦幻。

三三

他醒来，拿起了她的弧形诗琴，

① 崇拜者：原意是隐士，这里指虔诚的崇拜者。

弹奏出一支久已不弹的古曲，
响亮地，——扬起万般温柔的和音，
在普罗旺斯[①]，人称《冷酷的妖女》：
铮铮的琴声紧绕着她的耳际；——
受到触动，她发出轻微的喟叹：
他停止弹奏——她急速喘息——忽地
她完全睁开带惊的蓝色双眼：
他屈膝跪下来，像一尊雕像，苍白，无言。

三四

她睁着眼睛，已完全清醒，可是
仍然见到酣睡时出现的景象：
她感到痛苦，因为她似已丧失
梦里的幸福，那样的纯洁，酣畅，
佳人梅黛琳为此而流泪，哀伤，
吐出些懵懂的话语，连连叹气；
这时她依然朝着波菲罗凝望；
他眼含恳求，抱着拳，跪地不起，
不敢动，不敢说话；她看着，还像在梦里。

---

① 普罗旺斯：法国东南部一地区。11至13世纪这里产生过许多行吟诗人。

三五

“阿，波菲罗！”她说道，“刚才在睡乡
我听到你的声音是那么甜蜜，
你向我发誓，每句都像是歌唱；
你这双眼睛又多么神采奕奕：
怎么你变了！竟这样苍白，忧悒！
把你原来的嗓音给我，我的爱，
给我亲密的倾诉，不变的风姿！
把我从无限苦恼中拯救出来，
假如你死了，我不知生命的目的何在。”

三六

被她情深意切的话语所激动，
他站起身来，仿佛已超凡脱俗，
飘逸，兴奋，像一颗搏动的亮星
升起在深蓝天空静谧的深处；
他完全溶入她的幻梦中，有如
玫瑰把温馨揉进紫罗兰芳馥——
甜蜜的交融：这时候霜风发怒，
像警告情侣，猛吹一阵阵冻雨

敲击窗户；圣亚尼的月亮已经落下去。

三七

天昏黑：风吹冻雨猛叩着门窗：
“这不是梦啊，我的新娘，梅黛琳！”
天昏黑：暴风紧裹着冰雪猖狂：
“不是梦，可悲！可悲呀！我真不幸！
波菲罗会离去，使我憔悴，伶仃。——
狠心呵！哪个坏蛋引你来这里？
我不抱怨，我心已投入你的心，
尽管你会把受骗的人儿抛弃；——
我是只迷途的鸽子，只有稚弱的羽翼。”

三八

“梅黛琳！你真会做梦！我的新娘！
我能否永远做你幸运的奴隶？
做你的盾牌，涂上朱红，像心脏？
你银色圣殿，我要在里面休息，
我是饥饿的朝圣者，经过长期
艰苦的跋涉，——终于见到了奇迹。

到了你的香巢，我要的只是你，
我不偷别的东西；但愿你同意，
我来供奉你，别信异教徒原始的献祭。

三九

“听！小精灵从仙国吹来了狂飙，
它虽然暴烈，对我们却是恩典：
起身啊——起身！看天色快要破晓；——
食客们酒足饭饱，早松了防范：——
亲爱的，我们逃走吧，快马加鞭；
他们的耳朵已聋，眼睛也已瞎，——
美酒和佳肴使他们烂醉似瘫：
醒来呀！起身！我的爱，不用害怕，
跨过南面的旷野，我为你安了一个家。”

四十

她一听，急忙起身，害怕得发抖，
因为凶恶的人们就歇在周遭，
说不定正虎视眈眈，刀枪在手——
他俩摸着黑寻路走下了楼道。

整个宅院里没一点儿人声听到。
每一重门口吊灯闪烁着微光；
画帏上骑马人奔驰，鹰飞，狗叫，
随着呼啸的朔风而飘舞癫狂；
长长的地毯被风吹得起伏在地板上。

四一

他俩幽灵般潜入宽大的厅堂；
幽灵般，他俩走近铁铸的大门；
司阍正摊开四肢躺在大门旁，
身边是一只喝空了的大酒瓶：
警醒的猛犬跳起来，抖动全身，
它眼睛敏锐，认出是主人来到：
门闩一个个抽出，没一点儿声音：——
铁链躺在踏石上，一片静悄悄；——
钥匙转动了，大门的铰链嘎吱地一叫。

四二

他们俩永远去了，在很久以前，
这对恋人逃入了暴风雪之中。

那一夜男爵梦见了许多灾变，
好斗的宾客也都整夜做噩梦，
梦见了妖巫，恶魔，啃棺的蠕虫，
不断的鬼影幢幢。安吉拉老人
因瘫痪亡故，临终时变了面容；
祈福人向圣母诵过千遍祷文，
在一堆冰冷的灰烬里物化，长眠不醒。

（1819年1—2月）

拉 米 亚

第 一 部

从前，小神仙家族还没把森林神
和山林水泽女神驱逐出茂林，
仙王奥布朗[1]辉煌灿烂的王冠、
节杖、用露珠作扣子的披风翩翩，
还没有吓走牧神和林中女仙，
使她们逃出樱草地，灌木丛，蔺草滩，
这时候，永受神罚的赫耳墨斯[2]离开
金宝座，一心把偷情的勾当干起来：
从奥林波斯山高峰上大神约夫[3]
身边云霓的一侧，他把光盗取，

① 奥布朗（Oberon）：中世纪欧洲民间传说中的仙王。

② 赫耳墨斯：希腊神话中众神的使者。并为掌管疆界、道路、商业以及科学发明、辩才、幸运、灵巧之神，也是盗贼、赌徒的保护神。在罗马神话中叫墨丘利（Mercury）。参见本书第107页注①。

③ 约夫：罗马神话中的主神。

为避开他的伟大召唤者的目光，
他躲进克里特岛岸边森林中隐藏。
在这座圣岛上住着位林泽女神，
所有的森林神都向她跪拜礼尊；
特赖登[1]们向她的裸踝把珍珠倾倒，
在陆上他们爱慕得形容枯槁。
在她常常去沐浴的泉水近旁，
在她有时去闲游的青草地上，
撒满了华丽的礼物，缪斯都不知道，
只有从幻想的宝盒里可以挑选到。
啊，她脚下是一个可爱的世界！
赫耳墨斯这样想，一种仙国的热切
从他带翅的脚跟燃烧到耳朵，
两耳白皙，仿佛晶莹的百合，
却激成玫瑰红，隐在金发后面，
那妒羡的鬈发垂在他裸露的双肩。

从山谷到山谷，树林到树林，他飞行，
向朵朵鲜花吹送他新生的热情，
循许多河流曲折地追溯到源头，
把可爱的女神隐秘的床笫寻求：

① 特赖登：海神波塞冬之子，希腊神话中人身鱼尾的海神，海洋中的二流神祇。

无效；可爱的女神哪儿也找不见，
他歇息下来，停在寂寞的地面，
郁郁不乐，充满了痛苦的嫉妒，
嫉妒林神们，甚至嫉妒那树木。
他站着，听到一个嗓音凄切，
像曾经听过的，那嗓音把痛苦消灭
在心头，只留下怜悯：听嗓音孤伶：
“我何时从缀满花圈的坟中苏醒？
何时能活动，以美丽的身躯，宜于生、
宜于爱、宜于欢乐和健朗的斗争，
爆自心灵和嘴唇？啊，我悲伤！”
那尊神，以鸽脚滑行，悄没声响，
围绕着灌木林疾走，轻轻拂过
丰茂的青草，盛开的野花朵朵，
直到他发现一条悸动的蛇，
闪着亮，抬头盘伏在林薮的暗角落。

　　她状似色彩缤纷的难解的结[1]
一身斑点，或朱红，或金碧，或蓝色；
身上的条纹像斑马，斑点像豹，

① 希腊神话中弗利基亚国王戈尔迪打的难解的结。按神谕，能入主亚洲者才能解开。后马其顿国王亚历山大挥剑把它斩开。

眼睛像孔雀，全是深红色线条；
浑身是月亮的银光，她呼吸的时刻，
银光就溶化，或增强，或把光泽
同幽暗的织锦画面交织在一起——
于是，身体像彩虹，带一点儿忧悒，
她立刻变得像个悔罪的妖精，
又像恶鬼的情妇，或恶鬼自身。
她的头上戴一团苍白的火焰，
洒满了星星，像阿里阿德涅[①]的冠冕：
她的头是蛇的，但是啊，苦辣的甜味！
她有女人的嘴，满口的珠贝：
至于她的眼，这双眼长得这么美，
又能做什么，除了流泪，再流泪？
像普罗塞嫔仍在为西西里天空洒泪水。[②]
她的喉是蛇的，但是她说起话来
就像汩汩的蜜流，那是为了爱；
这时候赫耳墨斯倚翅躺着，像捕获
猎物前俯身的鹰隼；而她这样说：

① 阿里阿德涅（Ariadne）：希腊神话中国王弥诺斯的女儿，曾给情人忒修斯一个线团，帮助他走出迷宫，忒修斯带她一起逃走。据另一传说，阿里阿德涅做了酒神的妻子后，升天化为北冕星座。济慈在这里想象：一圈小星星出现在阿里阿德涅的头上，作为她即将升天变为星座的象征。

② 普罗塞嫔原为宙斯的女儿，在西西里被冥王所劫，被迫为冥后。

　　“戴羽冠、轻身飞翔的、美丽的赫耳墨斯！
昨夜我做了个绚烂的梦，梦见你：
我见你坐着，在黄金宝座上坐定，
在众神之间，在古老的奥林波斯山顶，
唯你是忧伤的，因为你没有听见
轻拨琴弦的缪斯们嘹亮的歌赞，
甚至没听见阿波罗引吭独唱，
充耳不闻他颤喉发出的哀音悠长。
我在梦中见到你，你身穿紫衣，
像曙光，多情地穿过云霓而升起，
你像太阳神发光的金箭飞驰，
射向克里特岛，如今你就在此地！
温柔的赫耳墨斯，你可曾找到那姑娘？”
听到这，忘川烈溪之星[1]马上
发挥滔滔的辩才，他这样问道：
“你油嘴滑舌的蛇呀，灵感真不少！
你呀，美丽的花环，眼含忧思，
你尽可去享有你能想到的福祉，
只消告诉我那林泽女神的踪影，
她如今在哪里！”“你话已出口，亮星！”

① “忘川烈溪之星”指赫耳墨斯，因为他的责任是引导死者的灵魂到冥王那里去。死者喝了冥河烈溪中的水即忘记过去的一切。

蛇回答，“你要用誓言来保证，美神！”

“我起誓，凭我的蛇杖[①]，”赫耳墨斯声称，
“凭你的眼睛，凭你星形的头冠！”
他诚挚的言辞轻轻地飞入花间。
那才智横溢的女性又开口吐音：
“脆弱的心呵！你那失去的女神
像空气一样自由，无形，她游荡
在没有荆棘的旷野；她独自品尝
欢快的日月；她轻捷的双足无形
在绿草和芬芳的鲜花间留下印痕；
从倦垂的藤须、压弯的绿色枝条
她采摘苹果，她沐浴，都不被见到：
我有力量把她的美貌隐蔽，
使她不遭到冒犯，不蒙受袭击，
摈斥森林神、牧神呆眼里的媚眼，
拒绝赛利纳斯[②]含泪的声声哀叹。
她不朽的仪容逐渐苍白，全因为

① 希腊神话中赫耳墨斯的节杖，杖上盘绕二蛇，杖顶有双翼，此杖为诸神使者的标志。

② 塞利纳斯（Silenus）：希腊神话中森林诸神的领袖，也是酒神的养父和师父。

所有的情人们在苦恼，她如此伤悲，
我对她十分同情，我让她把头发
浸在鬼魅的黏液里，使别人无法
见到她的美貌，而她却可以
自由地爱去哪里就去到哪里。
你，唯独你，可以见到她，赫耳墨斯，
只要你如你所誓给我以恩赐！”
于是那受惑的神又一次开始
立誓，这誓言热烈，颤抖，诚挚，
像琴韵一般透入那蛇的两耳。
她感到狂喜，抬起她蛊惑的头颅，
蔷薇般羞红，口齿不清地倾诉：
“我原是女人，请让我再次得到
女人的身形，跟过去一样窈窕。
我爱上一个科林斯少年——好福气！
给我以女身，把我带到他那里。
俯身，赫耳墨斯，我吹气给你的天庭，
你马上能见到你那位美好的女神。”
那神半收拢翅膀沉静地往下靠，
她吹他的眼，他俩马上就见到
被守护的女神正在绿茵上含笑。
这不是梦幻，或者说，这是梦境，

诸神的梦是真实的，他们的欢欣
在一个永恒的长梦中，顺利度过。
他似在飞翔，在温暖、羞赧的一刻，
震惊于女神的美貌，他浑身是火；
然后，他在无痕的青草上停落，
转向狂喜的蛇，用酥软的手臂
细心试验那轻巧节杖的魔力。
做完后，他面向女神，眼里充盈着
爱慕的泪水和甜言蜜语的诱惑，
他向她走去：她，像月亮淡下去，
在他的面前萎谢，退缩，止不住
胆怯的啜泣，自己合拢来，就像
黄昏时自己昏晕的花朵一样。
但那神把她冰凉的手儿轻握，
她感到温暖，睁开她两眼温和，
像鲜花随着蜜蜂的晨歌开放，
她把她的蜜献给背阴的地方。
他们向绿荫幽深的林间奔来，
不像人间的恋人们那样苍白。

　　一旦独处，那蛇便开始蜕变，
她体内妖精的血液疯狂地流转，

她口吐白沫，被洒满白沫的青草
在甜而剧毒的唾珠下立即枯凋；
受到剧痛的折磨，她两眼凝固，
灼热，光泽，阔大，而睫毛全枯，
闪烁着磷光和火星，没一颗阴冷的泪珠。
色彩透过她全身燃烧成炽红，
她因深重的痛苦而抽搐，扭动：
火山喷发般深深的黄色取代
她周身银月般温柔优美的色彩；
当火山熔岩蹂躏草地的时候，
全毁了她的银甲和金色刺绣；
使她的斑点、条纹全变得暗淡，
蚀她的蛾眉月，藤去她的星星焰：
这样子，在顷刻之间，她被卸去
宝石蓝亮色，紫水晶光泽，青绿，
红玉的银光：这一切全被拿走，
给她剩下的只有痛苦和丑陋。
她的头冠还发光；光一旦消失，
她也在顷刻之间溶化，隐逝；
在空中，她发出新声如琴韵悠远，
叫道，“里修斯！温柔的里修斯！”这语言
随白头群山周围的光雾升高，

消散，克里特岛森林再也听不到。

拉米亚如今是个新生的美女，
十分的艳丽、娇小，她奔向何处？
她奔向山谷：人们从森屈里海岸
走向科林斯必须经过这地段；
她停步休憩在野外小山的脚边，
挨着匹里安溪河参差的源泉，
休憩在另一支山梁下，山梁的裸脊
携带着满山雾霭和团团云霓
伸向西南的克里翁。她站在那里，
大约像幼鸟从林间奋飞到此地，
风姿绰约，她走在苔绿的草坡上，
澄澈的潭边，激动地从水潭中央
见到自己已逃脱痛苦的魔障，
而她的衣袍正随着水仙轻摆。

啊，幸福的里修斯！——她这个少女
比那编织过发辫、红过脸、叹过气、
在铺满春花的草地上向游吟诗人
展开过绿裙的少女更美，更超群：
嘴唇最纯洁的处女，在她的心头

对爱的学问却作了精深的研究：
年龄只半小时，却有科学的头脑
教幸福不受邻近痛苦的困扰；
确定二者易冲破的界线，隔开
跟外实内虚的混沌密谋，用绝技
把其中浑浑噩噩的原子分离；
她仿佛曾是丘比特学院的一名
好学生，度过好时光，没有挨过训，
楚楚可怜地学完愉快的课程。

为什么这个美丽的生灵要徘徊
在路边似仙子一般，我们会明白；
但首先该讲她曾在蛇的牢狱中
如何冥想，并梦到她如意的事情——
种种宏伟的场面，奇异的事由：
她的魂魄随心所欲地去漫游；
去到缥缈的极乐界，或去到如发鬈
飘动的浪里，那儿有海仙女美艳
穿海浪，登珠梯，绕入西蒂斯[1]的房间；
或去酒神喝干他仙杯的地方，

① 西蒂斯（Thetis）：希腊神话中海神涅柔斯的女儿之一。上一行“海仙女”（Nereides），音译为涅瑞伊得斯，都是涅柔斯的女儿，他有五十个女儿。

他在流脂的松树下舒适地平躺；
或去冥王普路托的御花园，看那里
穆西伯[1]成排的廊柱幽光熠熠。
有时候她会把睡梦送到一座座
城市里，连同饮宴和狂欢作乐；
有一次，她梦见自己在凡人中间，
看到科林斯人里修斯，翩翩少年，
他在可羡的竞赛中驾车领先
像青年约夫一脸的从容和稳健，
她神魂颠倒地迷恋上了里修斯。
如今在蚊蛾出没的朦胧黄昏时，
他从海岸走回科林斯，她明白，
他必经那条路；温和的东风正在
强劲地吹起，他的战舰正以
铜制的舰首摩擦码头的石级
在森屈里港口，来自埃琴纳岛屿，
刚刚碇泊；不久前他去到那里
向约夫献祭，那里的约夫庙堂
正敞开大理石高门接受鲜血和异香。
约夫听他的誓言，助他的欲求；

① 穆西伯（Muciber）：罗马神话中的伍尔坎（Vulcan，火与锻冶之神）的别名，即希腊神话中的赫菲斯托斯（Hephaestus）。

由于突异的机缘，他抽身退走，
离开他的同伴们，并开始漫行，
也许是厌倦于科林斯式的谈论：
他徒步越过寂寞凄冷的群山，
起初无思虑，但在黄昏星出现前，
理智消隐处，他的幻想迷失
在柏拉图式树荫的宁谧暮光里。
拉米亚看着他走近来，越来越近，
靠近她走过，冷淡地漠不关心，
他的鞋子在绿苔上无声地扫过，
她这样邻近，但是没有被见着，
她站着：他走过，封闭在神秘之中，
他的心像披风裹紧，她两眼追踪
他的步伐，她端庄白皙的脖子
转过来，她说，“啊！漂亮的里修斯，
让我一个人留在山上，你忍心？
里修斯，回头瞧！请给予一点儿怜悯。”
他给了，不是由冷漠的惊奇驱遣，

却像奥菲斯[①]对欧律狄刻望一眼；
因为她说的话语美妙如歌声，
他仿佛整个夏天爱上了这嗓音：
他两眼把她的美貌一饮而尽，
那只发愣的酒杯里一滴也不剩，
可酒杯依然满满的，——他却害怕，
还没把爱慕之情充分地表达，
她就会消失，于是他开始求爱；
她温柔羞涩，见到他牢固的纽带；
他说，“请你留下吧！往回看，女神！
看我的眼睛会不会离开你的身！”
可怜这悲伤的心吧，不要哄骗它——
一旦你消失，我立刻以死回答。
站住！你哪怕是溪河女神，别走！
你的溪河会服从你长远的企求：
尽管绿树林是你的领地，站住！
那树木自会喝干早晨的雨露：
即便是下凡的七星团[②]中的一颗，

① 奥菲斯：希腊神话中的歌手、诗人，善弹竖琴，弹奏时猛兽俯首，顽石点头。他的妻子欧律狄刻（Eurydice）在新婚之夜被蟒蛇杀死，奥菲斯到冥界，以音乐打动冥界女王，女王答应他领回妻子，但规定在走出冥界之前不能回头看她。他爱妻心切，还没有走出冥界就回头一望，从此永远失去妻子。

② 七星团即昴星团。

你和谐的姊妹之一难道会顺你的
轨道运行？并代替你发出银光？
你甜蜜的招呼甜蜜地进入我这双
狂喜的耳朵，以至于假如你消失，
对你的思念会使我消瘦成影子：“——
可怜我，别消溶！”“假如我能够停留，”
拉米亚说，“留在这块土地上不走，
踏着这粗糙的花朵使我脚疼，
你又能说什么做什么迷人的事情，
使我减轻对家乡美好的怀想？
你能否要我同你一起在山上
和谷底漫游，而这里没有欢欣，
也没有永垂不朽和至高的福分！
你是个学者，里修斯，你一定知悉
娇嫩的精灵不宜在下界呼吸，
在人间生存：可怜的少年呀，唉！
你有什么纯朴的爱好能用来
安慰我？有什么庄严宁静的宫殿
能够愉悦我身上的种种感官，
并且用秘术缓解千百次口干？
不可能有的——再见！”她说完，起身，
踮起脚，伸开雪白的手臂。他不忍

失去她凄楚怨言中透露的情爱，
晕了，低诉着爱慕，因痛苦而苍白。
这狠心的女郎不显出任何忧虑
以同情她多情宠儿内心的痛苦，
相反，如果她眼睛能变得亮晶晶，
她就带着亮眼和悠悠的柔情，
用新生的嘴唇同他接吻，使自己
体内纠结的生命重新燃起：
他从昏晕的状态中苏醒片刻，
又昏晕过去，这时她开始唱歌，
对美、生命、爱情、一切，都感到欢乐，
爱的歌太美了，人间的弦琴奏不出，
群星屏住气，把它们喘动的光焰收拢住。
于是她用颤抖的声调低语，
好像一些人，经历了长期的痛苦，
重新相聚在一起，平安无事，
不用眼色用语言；她叫他抬起
低垂的头颅，扫清心中的怀疑，
要知道她是女人，在她的脉管里
除了搏动的鲜血，没任何更为
精妙的流动液体，她跟他相类，
她脆弱的心中含着相同的苦难。

其次她奇怪何以他眼睛长时间
在科林斯没有看见她，她说，在那里
她几乎隐居着，手中有万能的金币，
她那些日子就过得无比幸福，
而无需爱情的帮助；她心满意足，
直到见到他，一次她走过他身旁，
而他沉思着，靠在维纳斯庙堂
门廊里一根柱子上，周围是一篮篮
相思草加上风月花，那是在傍晚
刚刚采来的，这时仿佛是阿多尼斯[1]
节日的前夜；后来他不见了，从此
她独自流泪，——为什么她要爱慕不止？
里修斯从死亡中醒来，十分惊愕，
看见她仍然在唱着甜蜜的歌；
接着他又从惊愕转入了欣喜，
听她熟练地低诉女人的道理；
她说的每句话都在引诱他进入
无忧无虑的喜悦和熟悉的欢愉。

① 阿多尼斯（Adonis）：希腊神话中的美少年，为阿弗罗狄忒（即维纳斯）所爱，后在狩猎中被野猪撞伤致死。在腓尼基和叙利亚，每年仲夏都举行祭祀阿多尼斯的活动；在亚历山大利亚，祭祀仪式包括举行阿多尼斯同阿弗罗狄忒的婚礼盛会。

让疯癫诗人随心所欲地说道，
说仙子、精灵、女神们怎样美好，
经常去洞窟、湖泊、瀑布的神仙，
他们中绝没有这种极乐的源泉：
做个实在的女人，真正的嫡系，
源自皮拉①的石头，或亚当②的后裔。
温存的拉米亚准确地作出判断：
里修斯不可能又爱又提心吊胆，
于是她抛弃女神身，愉快地做一名
真正的女人来赢得他的爱心，
不带来恐惧，只带来美的给予，
即使他的心受打击，也保证救助。
里修斯对一切回答得十分流利，
每说一句话，就伴着两声叹息；
最后，指着科林斯，向她问道，
当夜走，会不会太远，累坏她的脚。
路不长，拉米亚由于赶路心切，

① 皮拉（Pyrrha）：希腊神话中忒萨利王丢卡利翁（Dcucalion）之妻。当宙斯发洪水欲将人类消灭时，丢卡利翁遵照他父亲普罗米修斯的主意，偕妻登上一只船，因此人类中只有他和皮拉得救。在发洪水的第九天，他们根据先知的暗示，向背后掷石头。丢卡利翁掷出的石头都变成男人，皮拉掷出的石头都变成女人，从而重新创造了人类。

② 亚当（Adam）：基督教《圣经》中人类的始祖。

念一声符咒，就把三里格[1]缩瘪，
变成几步路；视而不见的里修斯
毫不生疑，已被她完全控制。
他不知，也从没想到要得知，他们
怎样无声无息地通过了城门。

　　好像人们说梦话，科林斯全市，
在她的全部富丽堂皇的宫殿里，
在挤满人群的街上，淫乱的庙宇中，
都窃窃私语，诉向塔上的夜空，
有如一场在远处酝酿的暴风雨。
在凉快的时辰，人不分男女，贫富，
移动着草鞋，走过白石铺的路，
结伴或独行；豪华的宴会上散出
多少支灯光，远远近近地闪亮，
把过路人们的影子投射到墙上，
或者照到他们在庙宇的拱门内，
暗的廊柱边，飞檐的阴影里，聚成堆。

　　他蒙住面孔，怕见打招呼的友人，

① 里格（league）：长度单位。一里格相当于五公里。

他紧捏她的手，因这时有人走近，
这人白须鬈，目光尖，头顶光秃，
脚步缓慢，穿着哲人的袍服：
当他们相遇，擦身而过时，里修斯
紧缩进披风里，脚步加快如飞驰，
拉米亚被紧催，颤抖着，他说："哎！
亲爱的，为什么你抖得这么厉害？
为什么你的柔掌溶化成露水？"——
"我累了，"美丽的拉米亚说道，"他是谁，
那个老人？我心里再也记不起
他的相貌：里修斯！为什么你隐蔽
自己，躲他的锐眼？"里修斯回答说，
"那是哲人阿波罗尼[1]，我的指导者
和良师；但今夜看来他已经变成
愚蠢的鬼魂，干扰着我的美梦。"

　　他这样说着，他们已经到达
列柱的门廊前，这儿前门高大，
门口挂一盏银灯，磷光闪闪亮，
映在下面石板铺成的台阶上，

① 阿波罗尼（Apollonius）：公元1世纪时提亚纳城的希腊哲学家，属毕达哥拉斯学派。

柔和如水中一颗星；大理石显得
洁白无疵，呈现出鲜亮的颜色，
穿过晶莹的光泽，液态的精巧，
黑色纹路流走着，只有神的脚
曾踏过那地方。伊奥利安声音
从门上铰链发出来，两扇大门
豁然洞开，呈露出一处地方，
没人知道的，除了两个人，加上
几个波斯哑巴，那一年在集市
有人见到过他们：但没人知悉
他们的住处；有的人出于好奇，
追踪到他们的屋子，也白费心机：
但振翅飞翔的诗句为了诚实
必须说出此后发生的悲惨事，
这可以顺应许多人的心意，使之
隔绝于更加怀疑的繁忙人世。

第　二　部

小屋里面的爱情，只有水，面包皮，——
爱神，宽恕我们！——是灰烬，尘粒：
宫殿里面的爱情，恐怕到头来

比隐士的禁食痛苦得更加厉害：——
那是个可疑的故事，来自仙界，
平凡的芸芸众生却难以理解。
假如里修斯活着把故事传流，
他准定会使卫道士痛心疾首，
扼杀这故事：但他俩的幸福太短暂，
引不起怀疑和憎恶，轻声责难。
何况，爱神对如此美满的一双
心生嫉妒，每夜都射出凶光，
在他俩卧房的门楣上鼓动翅膀，
嗞磁有声，并发出可怕的叫嚷，
通过走廊把一片光焰投射到地上。

　　不管这，毁灭终于来到：到晚上，
他们俩有如登上王位，双双
并卧在榻上，靠近一幅帘幕，
那质地轻盈的帘纱，被金带系住，
流水般飘到房里，让夏日的晴天
在两根大理石圆柱中间显现
一片蔚蓝和明净：——他们在睡眠，
这习惯是甜蜜的：他们闭拢两眼，
却留着爱情使之睁开的小缝，

让他们入睡时见到对方的面容；
这时，从郊外小山的斜坡上传来
刺耳的号声，把燕子的呢喃遮盖，——
里修斯吃惊地跳起——那号声飞逸，
却留下悬念，嗡嗡响，在他的脑子里。
自从他最初躲进这甜蜜的罪戾
作祟的紫宫以来，这是第一次
他的精魂越过黄金的边界线，
进入那几乎被放弃的喧嚣世间。
那始终警惕的、洞察一切的女郎，
痛苦地见到这情形，提出希望
得到比她那欢乐的统治更强、
更多的东西；于是她叹息、哀伤，
因为他越过她去深思，他已弄懂
瞬间的思索成为热恋的丧钟。
“为什么你叹息，美人？”他低声问她：
“为什么你思索？”她这样柔声回话，
“你已经抛弃我；——现在我在哪里？
忧虑压在你眉梢，我不在你心底：
不，你叫我离开，我只好告别
你的心窝，没了家，却别无选择。”
他俯身对着她睁开的眼睛，这眼睛

反映出他在天堂里缩小的身形，
他答道："我的黄昏星和晨星的银光！
为什么你要诉说得这样忧伤？
要知道我正在努力把更深的绯红
和加倍的创痛填满我的心胸；
努力把你的灵魂纠缠、抓捕、
诱入我的灵魂里，把你迷住，
像含苞未放的玫瑰里隐藏的芳冽。
一个甜吻啊！——你知道你痛苦剧烈。
我的思索呵！要不要敞开？你听！
一个凡人得到了一件珍品，
别人会不知所措，感到害羞，
不如让它堂皇地到外面去走走，
扬扬得意，正如我为你而欣喜，
不顾科林斯人嘎叫着表示惊奇。
让我的敌人噎死，友人欢叫，
看你的婚车行过拥挤的街道，
轮辐炫目地转着。"——女郎的面孔
哆嗦着；她不说什么，苍白而顺从，
起身跪在他面前，听了他的话，
哀伤得泪如雨下；她终于恳求他，
带着悲痛，同时她紧握他的手，

要他改变意图。他挨刺，难受，
倔强，引起更大的幻想，要求她
野狂又羞怯的天性服从于他：
而且，他尽管爱着，却轻视自己，
违背自己的善性，而感到狂喜，
由于她透出新的、温柔的忧伤。
他的激情，变得严酷，更染上
凶猛残暴的色彩，它可能出现
在没有青筋凸起的眉宇上面。
已经缓和的暴怒是美妙的，如像
阿波罗前来动手打蛇的模样。——
哈，蛇啊！一点儿不假，她不是
蛇类。她感情炽热，她喜欢专制，
完全屈服了，同意他选定吉日，
任凭他携带着新娘走向婚礼。
午夜，一片寂静，年轻人低语道，
“你一定有个芳名，我老实巴交，
没问过你的名字，始终以为你
不是凡人，而是天仙的后裔，
现在也这样想。你这炫目的身躯
可有人间的名字，合适的称呼？
在城市密布的人间，你可有亲朋

来共享我们的喜筵和婚礼的欢腾？”
“我没有朋友，一个也没有；”拉米亚说，
“在广大的科林斯几乎没人知道我：
我的双亲的骨殖在土瓮里安放，
埋入了坟墓，那里没有人烧香，
他们不幸的后裔除了我都已
死去，为你我弃置了神圣的礼仪。
你可以随心邀请来许多客人，
但如果像现在这样你的眼睛
总喜欢看我，那么别邀请老者
阿波罗尼，藏起我，别让他见到我。”
里修斯听到这难解的话语而困惑，
就仔细询问；她避开他的触摸，
佯装睡觉；他也很快地被引向
朦胧的幽境，进入了沉睡之乡。

　　那时的风俗，在晚霞满天的时候
把头戴面纱的新娘从家里带走，
乘一辆华丽的彩车，一路上人们
撒花朵，举火炬，唱婚歌，盛装游行，
以此来开路：但这位无名的美女
没一个朋友。里修斯已经去召集

他所有的亲戚，她被单独留下，
明确地知道自己绝不能使他
愚蠢的心放弃发疯的炫耀，
她开始深深地思索，一心想要
使排场适度，以掩饰其中的悲痛。
她这样做了，但她的灵巧的仆从
怎样来，何时来，他们是谁，都可疑。
厅堂周围，从门户出来又进去，
响起拍翅的声音，直到短时内，
炽热的宴会厅射出巨大拱形的光辉。
缭绕的音乐，恐怕是仙居屋顶
唯一的支柱，引起四处的哀吟，
担心整个魔法会可怕地失效。
新雕的松木，雕成棕榈和大蕉
长在林间草地上，从两边相接，
中央高凸，向新娘贺喜庆佳节：
两棵棕榈，又两棵大蕉，许多树，
一枝对一枝，把枝干从两边伸出，
伸展向林中小径，这一切下面，
从外墙到内壁，闪动着一串涌流的灯盏。
荫蔽下，摆着尚未品尝的宴席，
香味扑鼻。拉米亚，身着华衣，

无声地走来走去，她这样走着，
不满足，却露出满足的苍白神色，
嘱咐那些看不见的仆人把壁龛
和墙角的浮雕拾掇得更加美观。
树枝的中间，首先，素净如大理石，
出现了碧玉窗格；然后，过一时
又爆出纤小树木的匍匐的图像，
大大小小交织成纷繁的式样。
认可了这一切，她又任性地消隐，
把房门紧紧关闭，无息无声，
端正地准备好迎接痛饮狂欢，
等待着讨厌的客人来破坏她的孤单。

　　白天来了。到处是流言蜚语。
无知的里修斯！痴汉！为什么瞧不起
暗中赐福的命运，幽居的温馨，
把隐秘的卧室公开给众人的眼睛？
人群来了；每一个客人都忙乱，
走到大门前，猛然向里面观看，
惊奇地走进来：他们熟识这条街，
从小清楚地记得这里的一切，
没丝毫遗漏，但以前从来没看见

堂皇的门廊，建筑宏丽的庄园；
他们全拥入，惊呆了，好奇，敏感：
只有一个人睁眼苛刻地观察，
挂一脸严峻，踱着沉静的步伐；
那正是阿波罗尼：他微露笑容，
好像有棘手的问题，曾经愚弄
他忍耐的头脑，现在已开始缓解，
而且解决了：——可见他预见的正确。

在人声嘈杂的前厅里他遇见
他年轻的门徒。“这不合通常习惯，”
他说道，“让一个不速之客跟你——
里修斯勉强地待在一起，又以
自发的莅临来干扰这一群美丽
年轻的朋友；但我要坚持干错事，
请你原谅我。”里修斯脸红了，带领
这老人走过内室敞开的“重门”；
说着缓和的话语，彬彬有礼，
把智者的肝火化为甘甜的乳汁。

宴会大厅里是一片富丽堂皇，
到处是灿烂的灯火，扑鼻的芳香：

每扇明亮的窗格前有一只香炉，
香烟缭绕，须添加没药和香木，
香炉由庄严的三脚座高高托起，
细长的座脚成弧形跨站在柔细
羊毛织成的地毯上：五十只炉里
五十道烟的花圈轻轻地飘起，
直上屋顶，当沿着镜中的围墙
升腾时，被两朵香云静静地模仿。
桌高到男人的胸口，桌身挺立，
靠豹形爪子支撑，桌面上放置
沉重的金杯，谷神的号角三次
讲到的果实，巨觥盛着的佳酿，
来自暗窖的酒桶，愉快地闪光。
桌子这样子把华宴承载在身上，
每张桌子的中央供奉着一尊神像。

　　在一间前厅里每位客人都感到
有吸足凉水的海绵压上手脚，
由仆人伺候，给人以舒适的快感，
有香油倾注到客人的发上，鬓边，
这也是礼节，客人们身穿白袍
走向筵席，各自按顺序坐到

筵席四周的绸榻上，他们奇怪
这一切炫耀巨富的花费是从哪里冒出来。

　　轻柔的音乐随轻柔的气氛流荡，
熟练自如的希腊人向众客引吭，
唱加重元音的叠歌，人们先低声
交谈，因为美酒还未曾畅饮；
等到客人们一个个酒酣耳热，
他们就高谈阔论，说话声盖过
强力乐器的奏鸣：——灿烂的织锦，
广厦，令人敬畏的豪华屋顶，
绚丽的色彩，仙露给人的欢乐，
美丽的奴仆，拉米亚本身，都变得
不足为奇，因为醇醪已完成
美妙的业绩，一切灵魂都已经
摆脱人世的束缚；甘美的酒液
使极乐世界不太美，不太圣洁。
酒神的威力很快就达到顶峰，
客人们眼睛更亮，脸色更红：
一只只不同的翠绿芬芳的花冠，
采自山谷，折自林木的枝干，
装在金柳条编成的篮子里带进，

堆到篮子的把手那么高，以适应
客人的心意；舒适地枕着丝绸
枕头的客人可随意拿它戴上额头。

拉米亚戴什么花冠？里修斯戴什么？
什么花冠给阿波罗尼这位长者？
瓶尔小草的嫩叶和细长的柳条
将挂上她那正在发痛的额角；
为了那年轻人，让我们赶快摘取
密锥花，让他睁着的眼睛沉入
遗忘之乡；对那位聪明的学者，
让针茅和毒草蓟花在他的太阳穴
开战。是不是所有的魔法一旦
触及冷峻的哲理就烟消云散？
一次，可畏的彩虹在天上升起：
我们知道彩虹的密度和质地；
她列在平凡事物可厌的编目里。
哲学将会剪去天使的羽翼，
会精密准确地征服一切奥秘，
扫荡那精怪出没的天空和地底——
会拆开彩虹，正像它不久前曾经
使身体柔弱的拉米亚化为一道虚影。

　　欢乐的里修斯坐在她身边首位上，
全不见屋子里还有另外的面庞，
他终于制止爱的走神，举起
满杯，越过大桌子，向对面投去
目光，恳求他满脸皱纹的老师
能够赐给他稍稍一瞥，同时
向老师祝酒。这位秃顶的长者
早已一眨也不眨地把眼睛盯着
那突然惊恐不安的新婚美人，
对着她吹胡子瞪眼，打乱她轻松的骄矜。
这时里修斯热诚地握住她的手，
那只手苍白，在红色长榻上停留：
手上的冷气流贯到他的血脉里；
又突然变热，一种不自然的热气
以种种疼痛直刺入他的心脏。
“拉米亚，你这是怎么啦？为什么惊慌？
你认识那人吗？”可怜的拉米亚无语。
他凝视她的眼，她的眼一点儿也不
领会那温存缠绵爱怜的深情：
他凝视又凝视：他顿时感到眩晕：
贪婪的符咒吸食了那一身娇娆，
那两颗眼珠什么也不再见到。

“拉米亚！”他叫喊——没有软语回应。
许多人听见了，高声喧哗的宴饮
沉寂下来；庄严的音乐停奏；
爱神木在无数花冠上变枯变朽。
说话声，琴声，欢笑声渐渐消亡；
死般的静寂一步一步地增强，
直至仿佛出现了可怕的鬼物，
没有人不感到恐怖得毛发直竖。
“拉米亚！”他尖声叫道，但除了这尖声
和悲惨的回声，只余下一片寂静。
“去吧，噩梦！”他喊道，再次细看
新娘的面孔，美丽的太阳穴上边
已没有青筋流动；面颊上不再有
嫩蕊的红晕；激情也不再照透
深深隐藏的目光：——全部凋枯！
拉米亚不再美，坐着的是一堆白骨。
“闭下你魔术的眼睛，残忍的老人！
把眼睛移开，歹徒！诸神的形影
说明他们在这里幽冥中逗留，
你若不闭眼，诸神正义的诅咒
会突然用痛苦的失明之刺戳破。
你两只眼睛，把你交付给寂寞，

让你颤抖着沉陷于良心的无比
恐惧中，因为诸神的威力遭忤逆，
因为你进行了不敬的傲慢诡辩，
非法的巫术，说了诱骗的谎言。
科林斯人！你们瞧那个白胡子歹徒！
注意他着了魔，没睫毛的眼皮围住
他恶鬼般的眼珠！科林斯人，瞧！
我可爱的新娘在他的逼视下枯凋。”
“傻瓜！”诡辩家说道，语调低沉，
轻蔑而沙哑；里修斯以濒死的呻吟
回答，他心如刀绞，魄散魂丧，
仰面倒在那痛苦的幽灵身旁。
“傻瓜！傻瓜！”诡辩家重复说，两眼
依然严厉，不移动，“我把你保全
到今天，使免遭人生的一切厄运，
我可愿见到你成为蛇的战利品？”
于是拉米亚咽气；诡辩家的眼睛
有如枪尖，刺穿了她的全身，
锐利，无情，彻底，猛烈：她按
无力的纤手所能表示的那般，
示意他保持沉默；但徒劳无补，
他目光直直地一看再看——不！

"一条蛇！"他应声喊道；话音未止，
她发出惊恐的惨叫，便永远消失：
从此里修斯双臂中失去了欢欣，
同一夜，他的肢体失去了生命。
他躺在高榻上！——他的朋友们走近——
扶持他——发现他脉搏、呼吸已停，
用他的婚服裹住他沉重的尸身。

附：济慈原注（引伯顿[1]文）：

"菲洛斯特拉托斯[2]在他的《阿波罗尼传》第四卷中有一个值得注意的同类的例子，我不能不提到，它讲到一个年轻人，名叫门尼普斯·里修斯，二十五岁，在森屈里和科林斯的途中，遇到一个装扮成美丽淑女的鬼魂，她握住他的手，带他到科林斯郊外她的屋子里，告诉他说，在血统上她是腓尼基人，如果他愿意跟她待在一起的话，他将听到她唱歌弹琴，喝到他从未喝过的酒，谁也不会来打搅他；而美丽可爱的她将与俊美可人的他同生共死。这年轻人是个哲学家，本来稳重而谨慎，能节制感情，但这次热烈的爱情除外，他和她待了一会儿就感到别无他求，终于同她结婚，在婚礼

① 伯顿（Robert Burton，1577—1640）：英国圣公会牧师，学者，作家，以所著内容涉及广泛的《忧郁的剖析》一书而闻名于世。

② 菲洛斯特拉托斯（Philostratus，170？—245？）：希腊哲学家，伦理学家，修辞学家，著作有《阿波罗尼传》和叙述公元前五世纪的古典诡辩家和后期的哲学家和修辞学家的《诡辩家传》等。

上，他的客人中出现了阿波罗尼，后者凭着颇有把握的推测，发现她是一条蛇，一个‘拉米亚’[①]，还发现她的所有的家具都不是实物，正如荷马描写的坦塔洛斯[②]的金子那样，仅是幻象而已。她发现自己被人识破，哭了，渴求阿波罗尼不要声张，但他不为所动，于是，她，杯盘，房屋以及屋中的一切，顿时化为乌有：许许多多人关注这件事，因为它发生在希腊国内。”——伯顿：《忧郁的剖析》第三部第二节。

（1819年7—9月）

田汉的文章《女与蛇》（发表于1927年《银星》上，后收入上海良友图书公司1928年版《银色的梦》一书）中有一段话：“这段故事中吕美亚（引者按：即拉米亚）好比白娘娘，李雪斯（引者按：即里修斯）好比许仙，李雪斯的导师哲人Apollonius好比许仙的师傅法海禅师。据日本白村先生的研究，这个亚波洛涅斯Apollonius Tyanaeus（引者按：即阿波罗尼）是个深受印度哲学的影响的比达各拉斯派（引者按：即毕达哥拉斯派）的哲学家。相传他曾行各种道法与奇迹，一如我国的法海禅师。他曾由波斯旅行到

① “拉米亚”（Lamia）：希腊神话中女头女胸蛇身的妖魔。本叙事诗即以此为题。

② 坦塔洛斯（Tantalus）：希腊神话中的宙斯之子，因泄露天机，被罚入冥界，拘于湖中，口渴时想喝水，水立即退去；饥饿时想摘头上的果子，果子立即随风而去；这些都可望而不可即。

过印度国境，恐怕这段故事也和《西游记》一样是由印度古代的文献里产生的。因此一方传入希腊，经后世英国诗人的才笔艺术化；一方传入中国，而成《白蛇传》，再传入日本而成上田秋成的《两月物语》。但凯慈（引者按：即济慈）的叙事诗，上田秋成的小说，都是完全的艺术品，《白蛇传》空有凄艳的故事，明媚的背景，仍不过一种未经艺术化的粗制品，这何等证明中国艺术家的不争气！”（引者按：由此可见田汉编创完成京剧《白蛇传》文学剧本的初衷。）

屠　岸

神话史诗

海披里安①

第一卷

【内容概要】以萨土恩为首的一代老神提坦族巨神们被他们的儿辈即以朱庇特为首的一代奥林波斯新神们所推翻，驱逐。老神萨土恩闭目垂头，心情沮丧。女神西娅来到，对他说，“在整个天宇，你的威严消失了。”萨土恩不甘心失败，说道，推翻他的新神们必定会被老神们重新推翻，“萨土恩必定为王！”他叫道，“难道我不会造出另一个宇宙，来把这个世界压成齑粉？！”

① 原诗每行均为轻重格五音步素体诗。译文以顿代步，亦不押韵。

按希腊神话，最古老的神是卡俄斯（Chaos），后来苍穹之神乌拉诺斯（Uranus）成为世界的主宰。乌拉诺斯和大地女神盖亚（Gaen）生下六男六女，即十二个提坦巨神（Titans），还生了三个独眼巨神和三百个百手巨怪。提坦之一的农神克罗诺斯（Cronus，又名萨土恩〔Saturn〕，意即“播种者”）起来造反，推翻了乌拉诺斯的统治而称雄世界。乌拉诺斯和克罗诺斯是两代老神。克罗诺斯和瑞亚（Rhca）生下三男三女，其中一个儿子宙斯（Zeus）长大后打败了他的父亲，成为主神，掌管世界。宙斯和他的兄、姐及子女形成一代新神。宙斯相当于罗马神话中的朱庇特（Jupiter），又名约夫（Jove）。济慈在这首未完成的诗里写的是以萨土恩（克罗诺斯）为首的一代老神提坦巨神们被以朱庇特（宙斯）为首的一代奥林波斯新神们所推翻、驱逐，又不甘心失败的故事。海披里安（Hyperion）是提坦族巨神之一，系太阳神赫利俄斯（阿波罗）之父，西娅（Thia）之夫。

萨土恩随西娅来到陷于痛苦中的提坦族巨神们中间。他们呻吟着，再次表达旧日的忠诚。只有海披里安（提坦族巨神之一，西娅的丈夫）依然保持着他的权威、统治和尊严。但他感到形势并不安稳。

海披里安走过一间间殿堂，到达巨型圆屋顶下。他叫道，“萨土恩倒下了，难道我也要倒下？不！我要伸出右臂，吓死那造反的娃娃朱庇特，请萨土恩复辟登位！”留在晦暗中的天体等待着海披里安发布命令。但是他不能发号施令。神圣的岁月更替不能被打乱。海披里安只好屈服于时代的不幸。

早期神刻琉斯从宇宙深处发出声音，述说提坦这一代的诞生、兴旺和倾覆。他对海披里安说，“你要奋斗，因为你能够行动。”他嘱咐海披里安去寻找萨土恩。

——译者

浓荫笼罩下，忧郁的溪谷深处，
远离山上早晨的健康的气息，
远离火热的中午，黄昏的明星，
白发的萨土恩坐着，静如山石，
像他巢穴周围的岑寂般缄默；
树林叠着树林，就像云叠着云，
挂在他头边。那里没一丝动静，
不像在夏日那样虎虎有生气，

掀不动羽状草叶上轻的种子，
它只能歇在死叶飘落的地方。
小溪默默地流过去，死气沉沉，
因为他的坠落的神性向溪上
撒下了阴影：那雅得[1]在芦苇丛中
用她冰凉的手指紧压着嘴唇。

沿着沙地的边缘有大的脚印
伸到他曾流浪和睡过的地方，
此外没有了。他的衰老的右手
搁在湿地上，倦怠，麻木，失去了
权杖；失去了江山，他闭着两眼；
他头颅低垂，仿佛向他古老的
母亲大地倾听着，求一点儿安慰。

看来谁也没力量能把他唤醒；
但来了一位，向漠然不知的他
虔敬地鞠躬，然后用属于同一
宗族的手碰一碰他的宽肩膀。
她是个世界初创时期的女神；

① 那雅得（Naiad）：水泉女神。希腊神话和罗马神话中住在河流、水泉和湖泊中的女神。

同她的身材相比，高个亚马孙[①]
变矮了：她能拽住阿基里斯[②]的
头发，制服他，叫他弯下了脖子；
她一指，能止住伊克西翁[③]的火轮。
她的脸大如孟斐斯狮身人面像，
那许是哲人向埃及探求学问时，
被安在宫廷里座墩上面的女怪。
啊！那脸跟大理石又多么不同：
如果说忧伤没能使忧伤变得
比“美”更美，那么，她的脸真美啊！
她倾听的时候，神色显得慌张，
仿佛不幸的灾祸已开始降临；
仿佛那不祥日子的前锋——黑云
已使尽恶意，而其阴沉的后卫
正在分娩，产出了储存的雷电。
她把一只手按在胸口，在那里
跳动着人的心脏，她虽然是神，
却仿佛感到心房剧烈地疼痛：

① 亚马孙（Amazon）：希腊神话中的一族女战士。

② 阿基里斯（Achilles）：希腊神话中的英雄。出生后被他的母亲握住脚踵倒提着在冥河水中浸过，因此除脚踵外全身刀枪不入。

③ 伊克西翁（Ixion）：希腊神话中拉皮泰人之王，因追求天后赫拉，被宙斯惩罚，打入地狱，缠在永久转动的火轮上受折磨。

她把另只手放在萨土恩弯着的
脖子上，她俯下身子，张开嘴唇，
用庄严的中音，风琴那样深沉的
音调，在他的耳边说出几句话——
悲痛的话，在我们无力的语言里，
将是这样的口吻；同早期诸神的
宏论比起来，这是多么脆弱啊！
“萨土恩，抬头！——为啥呢，可怜的王？
我没有安慰可给你，一点儿也没有：
我不能对你说，‘为什么你要睡啊？’
因为天已经跟你分开，而大地
认不出这样受苦的你是个神；
大海连同它一切庄严的声音
全不顾你的王权；在整个天宇，
消失了你那白发苍苍的威严。
你的雷霆，感觉到新王的命令，
勉强滚荡过我们衰落的王室；
你那火爆的霹雳，由生手掌握，
烧毁了我们一度宁静的疆土。
痛苦的时刻呵！唉，度日如年啊！
你走时，可怕的真实到处呈现，
沉重地压着我们悲痛的心灵，

使得怀疑不再有存在的余地。
萨土恩，睡吧：——我真轻率，为什么
这样来打搅你寂寞中的酣睡？
为什么我要你睁开忧郁的眼睛？
萨土恩，睡吧！我在你脚下哭泣。”

仿佛在一个令人昏睡的夏夜，
广袤的森林中身穿绿袍的元老，
高大的橡树，枝叶被星光催眠，
做着梦，整夜一动不动地做梦，
除非有一阵大风渐渐刮起来，
盖过这里的静寂，又渐渐止息，
退潮的气浪似只有一朵波花；
同样，那些话说过了，她流着眼泪，
把美丽阔大的前额触碰大地，
她那垂落的头发恰好给萨土恩
做一只丝绸般柔软光洁的脚垫。
一轮皓月，缓慢地变着，向夜空
洒下了四个季节的银色光芒，
这两位保持着一动不动的姿势，
像宏伟岩洞里自然形成的雕像；
冷漠的神依然蹲伏在土地上，

悲伤的女神在他的脚下哭泣：
直到最后衰老的萨土恩抬起
暗淡的眼睛，看着他失去的王国，
看着这里的一切忧郁和悲伤，
和跪着的美貌女神，于是他开口——
好似用瘫痪的舌头，他的胡须
因病像杨叶那样可怕地颤动：
“金子般的海披里安的娇妻[1]啊，
西娅，我没见到你就已感到你；
抬头，我要看你脸上我们的厄运：
抬头，告诉我，这个衰弱的形体
可是萨土恩的？你所听到的声音
可是萨土恩的？这个起皱的额头，
裸露，失去了辉煌的王冠，能否
称作萨土恩的前额？谁有权力
使我受难？这力量从哪儿来的？
当命运仿佛被我扼住咽喉时，
怎能蕴积而爆出这样的力量？
可事实如此；我已被窒息而死，
被埋了，不再能行使神的职能，

① 娇妻：指西娅。

给苍白的行星施加仁慈的影响，
不能向飓风和大海发出告诫，
把和平的优势赐给人类的收获，
不能从事至高的神明为宽慰
自己的爱心而采取的一切行动。
我已离开自己的胸膛：我已把
我的强壮的本体，真正的自己，
留在我的神座和现在我坐的
地方之间。搜一搜，西娅，找一找！
睁开你永生的眼睛，用目光环视
太空：有星斗而失去光的太空；
生命之气和乌有之乡的太空；
满是烈火和地狱裂口的太空。——
搜一搜，西娅，找一找！告诉我，你
是否见到一个形或影正张开
猛翅或驾驭战车去重新占领
他刚刚失去的天堂：一定，一定是
适时的发展——萨土恩必定为王。
是的，必定会有个辉煌的胜利；
诸神必定被推翻，必定有号角
吹奏和平的凯歌，必定有节庆的
赞美歌缭绕都城上空的金霞，

必定有温和的声明，以及里拉琴
银色丝弦的颤动；还将有美的
事物焕然一新，为了使天上的
孩子们吃一惊；我要发号施令：
西娅！西娅！西娅！萨土恩在哪里？”

　　强烈的感情使他站立了起来，
并且使他的双手在空中挥舞，
他祭司般的头发在抖动，滴汗，
他的眼发烧，鼓出，他的话停止。
他站着，听不见西娅深深的啜泣；
过了一会儿，他重新又吐出话来，
他这样说道——“难道我不会创造？
我不会建立？难道我不会造出
另一个世界，造出另一个宇宙，
来把这一个世界都压成齑粉？
另一个混沌在哪里？哪里？”——这句话
夺路奔到奥林波斯山，使三个
叛徒发抖。——西娅吃惊地跳起来，
在她的举止中显出一种希望，
这时她急促地说话，又充满畏惧。
“这鼓舞我们衰落的王室；萨土恩！

到我们的朋友中来，向他们交心；
我认识那林薮，因为我从那边来。”
她说得简短；带着恳求的目光，
她穿越阴影，回转身走了一程：
他跟了上去，于是她过来领路，
穿越古老的树丛，看树枝张开，
像冲出窝巢的老鹰劈裂的烟雾。
这时候，有大滴泪珠落在别处，
相同却更多的烦忧，类似的悲痛，
剧烈得非人的笔和舌所能描述：
凶猛的提坦们，或躲着，或受禁锢，
呻吟着要再次表达旧日的忠诚，
忍受着剧痛，聆听萨土恩的声音。
但整个巨神族之中仍有一员
保持着他的威权、统治和尊严；——
光辉的海披里安依然端坐在
燃烧的星球上，吸着从人间升向
日神的袅袅香烟；但并不安稳：
正如我们人间的不吉利征兆
会使人惊惧又困惑，他也颤抖——
不是因为狗嚎或黑鸟的尖叫，
也不是因为丧钟开始敲响时

一位熟悉的灵魂又前来探望，
或者半夜里油灯显示出凶兆；
但刺激巨神神经的恐怖常使
海披里安苦恼。他辉煌的宫殿
以金光灿烂的金字塔作为城堡，
披着青铜方尖碑投下的阴影，
让血红的光芒透过千百间宫室，
拱门，和圆顶，以及如火的走廊：
黎明时云霞织成的帷幕全都
怒成红色：神祇和好奇的人类
原先没见过的鹰的翅膀，有时
遮暗了这块地；可以听到神祇
和好奇的人类没有听过的马鸣。
他呀，想品尝从圣山群峰升起的
一阵阵氤氲缭绕的香烟，可是
他的宽腭尝到的并不是美味，
恰恰是破铜烂铁致命的恶臭：
于是，当晴朗的白天结束全程，
他正隐蔽在昏昏欲睡的西方，——
为了得到高榻上天赐的休息，
在旋律抑扬的怀抱中沉沉入睡，
他迈开大步走过一间间厅堂，

走着耗去了几许愉快的时光；
远在每间耳堂和深凹的壁龛里，
他的臣属都垂翅一簇簇站着，
惊愕又恐惧；正像焦急的人们，
当地震摇撼城垛和塔楼的时刻，
在广阔平原上喘着气成群集合。
这时，萨土恩从冷的昏睡中惊醒，
同西娅一道，一步步走过树林，
而海披里安把暮光留在后面，
从斜坡踏上通往西方的门槛；
他的宫门便照旧飞速地开启，
没一点儿声音，只有凄厉的西风
吹奏庄重的笛管，送出缥缈而
甜美的乐音，缓缓流漾的旋律；
那通向极其壮丽的仙界的入口。
形状像玫瑰，染着鲜红的色泽，
散发出幽香，看上去冷静从容，
充分地绽开，让这位巨神进入。

　　他走了进去，但是他怒火满腔：
他的燃烧的衣袍飘拂过脚踵，
发出像人间火焰发出的吼叫，

惊走了缥缈温和的荷莉[1]诸女神，
使她们的鸽翅发抖。他怒气未消，
走过一间间殿堂，一座座穹隆，
穿越过芬芳的光环筑成的亭榭
和钻石铺地、晶莹璀璨的拱廊，
他终于抵达主要的巨型圆屋顶；
凶猛地站在屋顶下，跺着他的脚，
从深埋的墙基直到高耸的塔楼，
震动了他自己金光闪耀的领域；
没等那打颤的雷声停止鸣响，
他不顾神的约束，让他的嗓音
跃出口腔，这样说："日夜的梦呵！
哦，怪异的形状！痛苦的图像呵！
哦，在阴冷黑暗中奔忙的女鬼呵！
哦，黑草池塘里长耳的幽灵呵！
为什么我认识你们？见到你们？
见到了这些新的惨状，为什么
我这不朽的金身会这样烦恼？
萨土恩倒下了，难道我也要倒下？
难道我要离开这休憩的港湾，

① 荷莉：即时神。

我的光荣的摇篮，温馨的地域，
极乐的光芒织成的宁静的华彩，
这些水晶的殿阁，圣洁的神庙，
属于我光辉帝国的一切？这帝国
已荒芜，空寂，再没我的立足地。
火的光彩，炫丽的匀称，我无法
见到——只见到黑暗，死亡和黑暗。
即便这里，向着我憩息的中心，
阴暗的幽灵们也来作威作福，
来侮辱、掩盖和扼杀我的伟业。——
倒下！——不，凭忒卢斯①和海衣②起誓！
越过我这领地的起火的边疆，
我要伸展出一只可怕的右臂，
吓死那造反的娃娃，乱吼的约夫，
邀请年老的萨土恩复辟登位。”——
他说而又止，一句更重的威胁
在他的喉头涌动，但没有出口；
像在拥挤着无数观众的剧场里
人们愈是喊“安静！”喧嚷声愈高，
听到海披里安的话后，幽灵们

① 忒卢斯（Tellus）：罗马神话中的大地女神，相当于希腊神话中的盖亚。
② 海衣：指大地裹着海洋作衣袍。

就忙碌起来，极其可怕，阴森森；
他站在镜子反映的平地上，这里
升起薄雾，像升自浮藻的沼泽。
见到这，一阵剧痛逐渐从脚踵
到头顶卷过他全部庞大的身躯，
像一条弯曲的蛇，粗大又强壮，
缓慢地爬行，蛇头和蛇颈因用力
过度而抽搐。他松了口气，奔跑
到东门，整整六个滴露的时辰里，
在黎明适时地展示红霞之前，
扫清门旁的浓雾，把大门突然
打开，面对着归海的清溪寒流。
他骑着一颗熊熊燃烧的行星
每天从东方到西方穿越天空，
那行星在乌云遮蔽下旋转不歇；
也没被完全遮住，蒙上，藏起，
只是时时有闪闪烁烁的球体，
星环，光弧，以及宽阔的分至圈，
在发光，从天底到天顶透出亮色，
在一团昏黑的天幕上划出道道
美妙的电光，——古老的象形文字，
由那时活在世上的先哲和目光

锐利的占星家经过多少世纪的
观察和苦思冥想方才认出来：
现已失传，在巨石和黑色大理石
残迹上稍有发现；但含意不明，
其中的智慧早消失。——这颗星球
为荣耀而生有美丽的银色双翼，
当神祇临近时总是兴高采烈：
如今巨大的羽毛从黑暗中一根
又一根竖起来，直到全部张开；
炫目的天体仍然留在晦蚀中，
等待着海披里安来发布命令。
他很想发号施令，很想登宝座，
命白昼开始，哪怕只为了变一变。
他不能：——虽是早期的神，他不能：
神圣的岁月更替不能被打乱。
因此，那喷薄欲出的黎明只好
暂停诞生，像人间传说的那样。
银色的羽翼姐妹般双双张开，
急于使星球飘飞；宽阔的入口
向着黑夜的幽暗领地敞开；
光辉的提坦，因新的灾难而疯狂，
不惯于低头，似感情强烈地震动，

只好让灵魂屈服于当代的不幸；
沿着那一团阴郁的高空飞云，
靠在昼夜的交界线上，他伸展
自己的身子，悲痛地发出微光。
他这样躺着，天宇和太空的群星
带着怜悯俯视他，这时刻琉斯[1]
从宇宙空间的深处发出嗓音，
庄严而悄声的低语直达他耳畔。
“我的亲爱的、天生地育的子女中
最为光辉的一个奥秘之子啊！
这奥秘对创造你时聚集的诸神
都没有揭示；对于诸神的欢乐，
轻松的心跳，及安恬的愉悦，我——
刻琉斯，不知道它们从何而来；
对由此产生的果实，虽然看得清，
我不知它们的形状；神圣的标记，
散布于冥冥的无限空间之中的
美丽生命的征象：从其中重新
造成的你啊，无比辉煌的孩子！

---

① 刻琉斯（Celeus）：希腊神话中的早期神，厄琉西斯之王。据赫西奥德（公元前8世纪希腊诗人）所著《神谱》称，刻琉斯因受到孩子们的忤逆，发誓要向孩子们报复。

从中新生出你的兄弟和女神们！
你们中有悲惨的兄弟相争，儿子
起来背叛父亲。我看见他倒下，
我看见我的长子被推下宝座！
他两臂向我张开，他的呼声从
围绕他头顶的雷鸣中冲向我来！
我变得苍白，把面孔藏在烟雾里。
你也临近灭亡了？怕是有可能：
我见到我的儿子们极不像神。
你被创造成神祇，你那忧郁的
举止也是神圣的，庄严而沉静，
泰然自若，像天神，你存在，主宰着：
可现在我见你恐惧，盼望，愤怒；
行为狂热而激烈；简直就像是
我所见到的那些人，在下界，尘世，
死去的凡人那样。——可悲啊，我的儿！
毁灭的预兆，突然的绝望，覆亡！
但你要奋斗；因为你颇有本领，
因为你能够行动，显然，你是神；
你能以神灵的气质对抗每一个
邪恶的时刻：——我不过是个声音：
我的生命只是风和潮的生命，

我丝毫也不能比风和潮更有用：一
可是你能够。——因此你应该走在
形势的前面；是的，在弓弦嘣响前
抓住箭镞的倒钩。——到尘世去吧！
那里你可以找到受难的萨土恩。
同时我将守望你辉煌的太阳，
并且将小心地照看你的四季。”
这低语还没从天界降下一半，
海披里安挺立了起来，向众星
抬起弯弯的眼睑，让眼睑张开，
到低语终止；他依然两眼圆睁：
众星依然是明亮而忍耐的星辰。
于是他把阔胸慢慢地向前倾，
好像珍珠海里的潜水采珠者，
他在高空的海岸边俯身向前，
了无声息地跃入深沉的黑夜。

第　二　卷

【内容概要】萨土恩和西娅来到巨大的洞穴。受伤的提坦族巨神们和帮助提坦族对奥林波斯诸神打过仗的神们都在这里，有的哀哭，有的怒吼。萨土恩来到痛苦之巢。他对众神说："我无法找到你们沦落的缘由。"

老海神俄刻阿诺斯说："是自然规律而不是朱庇特的暴力使我们覆亡。"他说，萨土恩不是神的始祖，也不是神的末代；既不是开头也不是末尾。我们的后面又有新一代，一群更美的神祇，我们的子女，注定要胜过我们。""因为美的就该是最有力量的，这是永恒的法则。"

百手巨神恩刻拉多斯愤怒地说："你们忘了受打击，遭恶言伤害了？""现在我看到无数只眼睛怒睁着渴望复仇！"他说，"你们要记住我们最辉煌的兄弟海披里安，他依然保持着荣誉。"

突然有一道华彩如灿烂的星光射出，这就是海披里安！他看到他的光芒照到的地方所揭示的悲惨景象。他叹息，无语。沦落的众神感到失望。恩刻拉多斯把目光投向众兄弟，在他的注视下，四位神走到海披里安面前，喊出了萨土恩的名字。海披里安在峰顶回应："萨土恩！"

——译者

当时间之神照常拍动巨翅时，

海披里安飕飕地滑进了空气，
萨土恩同西娅到了伤心的地方，
见到西布莉[1]和受伤的提坦在哭。
这里是兽穴，没有侮辱性的光
照到他们的眼泪上；他们能感到
却听不到自己的呻唤，因为瀑布
雷鸣着，激流粗哑，持续地轰响，
倾倒出庞然大物，说不清在哪里。
一叠叠陡崖突起，看上去仿佛
永远是刚刚睡醒起身的岩石
额头抵额头，挽住狰狞的尖角；
就这样形成无数巨型的怪相，
恰好给这凄惨的窝巢做屋顶。
他们把燧石当宝座，坐在上面，
或者坐在凹凸的石榻、铁硬的
石脊上。他们不是全都在一起：
有的被锁着受折磨，有的在流浪。
科俄斯，古革斯，还有布里阿柔斯，
梯丰，多洛耳，以及波耳费里翁，[2]

① 西布莉：古代小亚细亚人崇拜的自然女神。

② 以上这些都是希腊神话中的神，大都是天神乌拉诺斯和大地女神盖亚所生，他们为提坦助战或本身即提坦之一。

还有许多，原都是进攻的强手，
如今被关在呼吸艰难的地方；
囚在不透亮光的地牢里，他们
继续紧咬着牙齿，他们的四肢
被锁着，像金属矿脉，绞着，拧着；
不动弹，只有他们硕大的心脏
痛苦地起伏，在狂热、沸腾、血色
鲜红的旋涡中搏动。可怕地抽搐。
摩涅莫叙涅[①]正在尘世间漂泊；
福柏[②]在流浪，远远地离开了月魄；
其他许多神自由地在外游荡，
但主要的神们在这里寂寞栖身。
罕见的生命影像，东一个，西一个，
挺庞大，侧躺着；好像一圈可怕的
巫师石像，横在荒凉的旷野上，
夜幕降临时下起了冷雨，阴沉的
十一月天气，他们的圣坛拱顶，
天穹本身，整夜被严实地覆盖着。
每位都穿着尸衣，不向邻近者

① 摩涅莫叙涅（Mnemosyne）：提坦族神之一，记忆女神，九位文艺女神之母。

② 福柏：提坦之一，又被当作月亮女神。

说句话，看一眼，做点儿绝望的表示。
一个是克留斯[①]，他的笨重的铁杖
横在他身边，岩石的碎片道出了
他的愤怒，然后他倒下去，哀叹。
一个是伊阿佩托斯[②]，他紧紧握住
一条蛇斑驳的颈部，蛇的尖舌
从喉头挤出，蛇的身体直直的，
死了；因为这家伙未能把毒液
吐进战胜者约夫的两只眼睛里。
还有科托斯[③]：俯卧着，下巴突起，
好像很痛苦；因为他仍在燧石上
狠劲磨他的头颅，这动作可怕，
使他张嘴睁眼。紧挨着他的是
亚细亚[④]由无比庞大的卡夫所生，
虽然是女的，但是她母亲忒卢斯

① 克留斯（Creus）：巨神之一。

② 伊阿佩托斯（Iapetus）：提坦之一。亚细亚之夫，普罗米修斯和阿特拉斯之父。

③ 科托斯（Cottus）：乌拉诺斯和盖亚之子，与布里阿柔斯和古革斯三巨神合称赫卡仝刻伊瑞斯（Hecatoncheires）。三神各有一百只手和五十个头。

④ 亚细亚（Asia）：希腊神话中俄刻阿诺斯（海洋神）和忒梯斯（三千海洋女神和一切河流之神的母亲）的女儿，伊阿佩托斯之妻，普罗米修斯和阿特拉斯之母。这里济慈把亚细亚处理为卡夫和大地之神忒卢斯之女。卡夫是一座传说中的山，它围绕地球像手指围绕手指，像是地球的腰带，由星星缀成。济慈把亚细亚写成有这样血缘关系的提坦之一。

生她时比生儿子要痛苦得多：
她忧郁的脸上思虑多于悲伤，
因为她正在预想着她的荣耀；
在她广阔的想象中矗立着棕榈
遮阴的庙宇和奥克苏斯河[1]边
或恒河圣岛上同样高大的神殿。
仿佛希望之神斜倚着她的锚，
亚细亚，没有那么美，也这样倚在
她的一只巨象垂下的长牙上。
在她的上面，恩刻拉多斯面容[2]
阴郁，在嶙峋起伏的墙岩上支撑着
胳膊肘，全身俯伏；过去曾像
无忧无虑地吃草的公牛般驯服；
如今像老虎般激动，狮子般狂想，
愤怒，他思忖，谋划，现在还在把
山岳掷向那推迟不久便爆发的
第二次战争，战争使年轻的诸神
受惊，把自己藏在鸟兽的外形中。

① 奥克苏斯河（Oxus）：又名阿姆河。它现今在乌兹别克斯坦和阿富汗境内。

② 恩刻拉多斯（Enceladus）：希腊神话中的巨神，有一百只手。曾参加反对奥林波斯诸神的战争。

阿特拉斯[①]离得不远，他身旁伏着
戈耳戈[②]之父福耳库斯[③]。紧挨的
是俄刻阿诺斯[④]，忒梯斯[⑤]，后者膝上
伏泣着刻吕墨捏[⑥]，披一头乱发。
忒弥斯[⑦]尚在众神的中间，躺在
被云雾遮蔽的王后俄普斯[⑧]脚下；
辨不清任何形状，比黑夜用浓云
困扰松树的顶梢时更加混沌：
还有许多说不出名字的神祇。
当缪斯展开翅膀向天空飞去时，
谁能阻止她飞行？她注定要歌唱
萨土恩和他的向导，他们的脚下
又湿又滑，如今已经从可怕的

① 阿特拉斯：提坦伊阿佩托斯和克吕墨涅之子。

② 戈耳戈（Gorgons）：三女怪的总称，她们各自的名字是斯忒诺、欧律阿勒、墨杜萨。她们的头发是一条条蛇，谁看到她们的头，便会立刻变成石头。

③ 福耳库斯（Phorcus）：他同他的妹妹刻托结合而生三女怪戈耳戈。

④ 俄刻阿诺斯（Oceanus）：海洋神。乌拉诺斯和盖亚之子，海披里安的兄弟。

⑤ 忒悌斯（Tethys）：乌拉诺斯和盖亚之女，俄刻阿诺斯的妹妹和妻子。

⑥ 刻吕墨涅（Clymene）：俄刻阿诺斯和忒梯斯之女，伊阿佩托斯之妻，阿特拉斯、普罗米修斯之母。传说中与亚细亚合为一身。

⑦ 忒弥斯（Themis）：乌拉诺斯和盖亚之女，宙斯之妻，司法律和秩序的女神，也是预言女神。

⑧ 俄普斯（Ops）：罗马神话中的播种和丰产女神，农神萨土恩之妻，相当于希腊神话中的瑞亚。

深渊里爬出来。他们的头出现在
昏暗的幢岩上，他们的身躯上升，
脚步安稳地踏上平坦的高地：
于是西娅张开她颤抖的双臂
扑向这痛苦之巢坐落的地方，
她的眼睛斜视着萨土恩的面孔：
她看到一脸苦斗；这至尊的神
正在同一切弱点作战，在抗击
那悲伤，愤怒，恐惧，焦躁，复仇心，
和悔恨，忧郁，希望，尤其是绝望。
他抗击这些祸害而无效；命运
已在他头上注下致命的油膏——
废黜神权的毒汁：因此，受惊的
西娅竟缄口无语，让他从身旁
先过去，进入覆亡的种族之中。

　　同凡人一样，这颗沉重的心灵
只感到更加遭罪，也更加激动，
其时，这颗心正挨近举哀的房屋，
屋里别的心为同一挫折而痛苦；
这样子，萨土恩向他们中间走去，
他感到晕眩，会倒在他们中间，

幸而他见到恩刻拉多斯的目光，
这百手巨人的强大，对他的敬畏，
像灵感袭来；他顿时高呼：“提坦们！
看你们的神！”听到这呼声，有的
呻吟，有的跳起来；有的喊；有的哭，
有的号啕，大家都虔敬地鞠躬；
俄普斯揭开她褶皱的黑色面纱，
露出苍白的面颊，暗淡的前额，
稀疏黑亮的眉毛，深陷的眼睛。
变得光秃的松树林发出轰鸣，
响应冬神的呼啸；众神间发出
一阵喧声，这时一位神举手指
示意安静，他想让自己的语言
承担那无法表达的思想的重量，
再加上雷鸣、音乐和壮丽景象：
那阵喧声如松林秃枝的啸叫：
它一旦在这山岭间止息，便没有
续发的声音；可是在败亡者中间
萨土恩的嗓音止息，却又升起，
像风琴一样，重新鸣奏起它的
乐曲，而别的和弦却突然喑哑，
直让喧闹的空气银铃般颤动。

那嗓音升高——“我悲伤的心胸，尽管
它审判和探索自己，我无法从中
找到为什么你们会沦落的缘由：
也无法从开天辟地传说中找到——
这传说记载在古老天书中，天神
乌拉诺斯用发光的手指把天书
从黑暗之海的岸边救出，不顾
退潮的海浪把天书藏在阴影里；——
你们知道我永远把这书当作
坚固的踏脚凳：——啊，意志薄弱者！
从土、水、火、气等元素的标记、
象征、征兆中也无法找到那缘由——
这些元素或开战，或媾和，或内斗，
一对一，一对二，一对三，全部参战，
或每次由一个对抗其他三个，
比如火跟气大声厮杀，暴雨就
淹没火和气，把它们压向地面，
在地上发现了硫磺，四重的天罚
使可怜的世界脱缰；——从这战斗中，
我取得奇异的学识，深入研读它，
仍无法找到你们沦落的缘由：
不，我不能作解答，尽管我细察

并钻研大自然的书卷，直至昏晕，
仍然弄不清为什么你们——可见又
可感的诸神中最早诞生的神祇——
竟会慑服于比较起来不那么
强大的威力下。可你们来了这里，
被征服、践踏、摧毁，来到了这里！
提坦们，我能说‘起来！’吗——你们呻吟：
我能说‘蹲下！’吗——你们呻吟。我还能
做什么？天哪！冥冥之中的父亲啊！
我能做什么？告诉我，众兄弟，我们
该怎样作战并武装我们的愤怒！
把意见讲出来，萨土恩如饥似渴，
正在倾听着。你啊，俄刻阿诺斯，
在沉思，你高瞻远瞩；我在你脸上
惊异地发现那来自深沉思索的
神情严肃的满足：给我们帮助吧！”

　　萨土恩说完了；大海之神——智者
兼哲人，不是来自雅典的丛林，
而是从带水阴影中深思熟虑地
站起来，头发不滴水，发出低鸣，
那是他最初婴儿般努力学语时

从远浪飞卷的滩头抓来的声音：
“被怒火吞噬、任激情灼痛、因失败
而捶胸顿足、满腔悲愤的你们哪！
请闭目塞听，封住你们的感官吧，
我的话不是扇起怒火的风箱。
你们愿意听就听我拿出证据，
证明你们势必要安心于沦落：
在这证据中我还要多给安慰，
只要你们认真地看待这安慰。
是自然规律，不是雷霆或约夫的
暴力，使我们覆亡。伟大的萨土恩，
你已经仔细审察过原子宇宙；
但是，正因为你是天界的君王，
你至高无上的权威使你盲目，
你有眼睛却看不见一条通道，
我却经由它拐向永恒的真理。
首先，你似乎并不是神的始祖，
你因此也不是神的末代；不是！
你呀，既不是开头也不是结尾。
从太始的黑暗混沌中透出光来，
这最初的果实，诞生于内耗内斗，
阴郁的纷争，有奥妙目的的纷争

正在成熟中，成熟的时辰来到，
光随之而来，而光，一旦从母体
内部脱颖而出，便毫不迟疑地
把整个庞大的物质点化成生命。
就在那个时辰，我们的父母亲，
苍天和大地，都变得明显清晰：
然后你作为长子，和我们巨神族，
发现自己统治着美妙的新疆域。
如今真痛苦袭击着痛苦感受者；
蠢啊！要知道，忍受赤裸裸的事实，
冷静地面对周围发生的形势，
这就是君权的极顶。好好记住！
因为比之于曾经领先的混沌
和昏黑，苍天和大地要美丽得多；
因为我们又胜过苍天和大地——
我们的形态坚实而美丽，我们
有意志，行动自由，是友善的群体，
我们有无数纯粹生命的标志；
所以我们的后面又有新一代，
一群更美的神祇，我们的子女，
注定要胜过我们，在我们满载
荣耀告别黑暗的时候：比之于

被我们征服的混沌，我们也不是
失败得更惨。请问，暗黑的泥土

会跟它所哺育的、将继续哺育的、
比它漂亮的、骄傲的森林争吵吗？
它能够否认青林的首领地位吗？
或者，因为鸽子咕咕叫，能展开
雪白的翅膀去自由飞翔，寻找
欢乐，树木就可以嫉妒鸽子吗？
我们就是这种树，我们的柔枝
养育的不是苍白孤零的鸽子，
而是金羽的鹫鹰，它们的壮美
远远地超过我们，它们作主宰，
理所当然；因为最美的就该是
最有力量的，这是永恒的法则：
凭这条法则，征服我们的诸神
将被另一代战胜，像我们一样哭。
你们没见那年轻的、取代了我的
海洋之神吗？见到他的面孔吗？
见到他的彩车，由他所创造的
带翅的生灵驾驭着，破浪前进吗？
我见到他在平静的水面上疾驶，

他两眼闪着如此美丽的华彩，
迫使我不得不向我的整个帝国
悲伤地告别：悲伤地告别之后，
我来到这里，想看看悲惨的命运
怎样抓住了你们；我能否尽力
给予极度痛苦的你们以安慰。
接受事实吧，把它当作香膏吧。“

　　无论是装作信服或表示轻蔑，
他们沉默着，俄刻阿诺斯讲完了，
他们能讲出什么深刻的想法呢？
事情是这样，一时间谁也不搭腔，
却冒出了没人注意的刻吕墨涅；
她小是答话，而只是吐点儿苦水，
唇上有潮红，温和的眼睛向上看，
她不顾周围的猛士，怯怯地说道：
“父亲啊！我是这里最单纯的声音，
我仅仅知道欢乐已成为过去，
悲痛已渐渐爬进我们的心田，
我担心，悲痛会永远留在那里：
我不会预卜灾祸，哪怕我想到
这么个软弱的生灵能拒绝接受

来自强力诸神的应给的帮助；
仍让我诉一诉苦楚，让我讲一讲
我听到哪些事情，并为此哭泣，
我明白我们已告别了一切希望。
我站着，脚下是海岸，明朗的海岸，
岸上宜人的气候从大陆吹来，
那芬芳、宁静、花木葱茏的地方。
那里有的是怡悦，我只有悲痛；
那里欢愉和甘美的温馨太多了，
以至于我感到心中有一种冲动，
要用悲伤的歌声，哀痛的音乐
来指摘、谴责那种寂寥的氛围；
我坐了下来，捡起有嘴的贝壳，
朝里面低声说话，激起了乐音——
乐音消失了！因为，我唱起歌来，
却缺乏技巧，一任贝壳的共鸣
传入轻风，这时候，恰恰从对面
一座海岛上树荫浓密的岸边
随一阵歪风吹过来一股妖氛，
使我的听觉失灵却没让变聋。
我把贝壳抛到了沙滩上，海浪
填满了贝壳，正如我的感觉里

填满了金子般新颖可喜的乐曲。
每一阵声浪、每一群痴迷急促的
音符中，都有着一种如死之生，
音符一个个坠落，一下子全落，
像珍珠突然从线上纷纷掉下来：
然后另一支曲调，然后再一支，
每一支都像飞离橄榄树的鸽子，
翅膀上有音乐，没有无声的羽毛，
在我的头顶周围翱翔，使得我
同时悲伤又喜悦。悲伤胜利了，
我正堵塞住我的疯狂的耳朵，
突然，冲破我两手颤抖的阻拦，
传来了比一切音调更美的声音，
它总是呼喊，‘阿波罗！青年阿波罗！
灿若朝霞的阿波罗！青年阿波罗！’
我逃走，声音跟着我，呼喊‘阿波罗！’
父亲啊！各位兄弟啊！还有，萨土恩！
只要你们能了解到我的痛苦，
你们就不会说我这任性的饶舌
是肆无忌惮，冒失地要人来听。”

　　她的话就传得这么远，像条小溪，
战战兢兢地沿着卵石滩逡巡，

它怕见大海，但终于会见大海，
竟怕得发抖；巨神恩刻拉多斯
卷地的声音愤怒地把它吞没：
那些沉重的字音，像怒涛冲击
一个个吞吐着海水的礁穴岩洞，
发出轰响，而此刻，他仍然靠在
手臂上；不起身，怀着极度的轻蔑。
“我们该听从那过于聪明的巨神，
还是听从那过于愚蠢的巨神呢？
一声声雷霆震怒，甚至叫叛逆者
约夫的整个军械库消耗殆尽，
一个个世界摞在这双肩膀上，
都不如这次痛失王位时听到的
小儿言语能使我如此受折磨。
昏睡的提坦们，说吧，吼吧，叫吧！
你们忘了受打击：遭恶言伤害？
你们不是挨幼稚的胳臂打了吗？
大海的僭越之君，难道你忘了
在海里被剥去鳞甲？难道我只用
简单的几句话就引得你们发火？
高兴啊！现在我见到你们还在：
高兴啊！现在我见到无数只眼睛

怒睁着渴望复仇！”一他这样说着，
一边伸直巨大的身躯，站起来，
他并不中断他的话，继续说道：
“你们成了火，我教你们怎样烧，
怎样净化我们的仇敌的苍穹；
怎样狠狠地喂饱火焰的弯刺，
烤焦、烧掉约夫的膨胀的云朵，
把那稚弱的精魂扼杀在天幕里。
让他感觉到他所干下的恶事；
虽然我藐视俄刻阿诺斯的劝告，
我有着比失去疆土更甚的痛苦：
和平和高枕无忧的日子消逝了；
那些日子与毁灭的战争无缘，
那时候天上所有美丽的仙灵
睁着眼走来猜我们要说什么话：一
那时我们不懂得怎样皱眉头，
我们的嘴唇只会发庄严的声音；
那时候我们不知道有翼的少女——
胜利女神，会失去，也会被夺回。
你们要记住我们最辉煌的兄弟
海披里安，他仍然保持着荣誉——
瞧啊！这里是海披里安的光辉！”

大家注视着恩刻拉多斯的面孔，
忽然海披里安的名字从他的
嘴唇边飞向岩洞顶，大家注意到
一道白光划过他严峻的容颜：
他面貌不凶，他见过许多神发怒，
正像他一样。他看着他们大家，
见到每一张脸上都有一道光，
萨土恩脸上更加辉煌，他一头
白发像船身周围闪亮的飞沫
簇拥着船首疾驶进午夜的海湾。
他们保持着苍白如银色的沉默，
突然，一道华彩如灿烂的晨光
渗透过一切阴暗的悬崖峭壁，
弥漫过一切可悲地湮没的空间；
这时每一道巨壑，每一湾深渊，
每一座高峰，每一处阴郁的深谷，
被痛苦的河流冲得嘶哑失声的：
以及每一条不息地奔泻的飞瀑，
远远近近每一条莽撞的激流，
本来隐蔽在巨大的黑影中，现在
见到了那道光，又使光变得可怖。
那就是海披里安：——他两脚发光，

踏着花岗岩山峰，他站着观看
他的光芒所揭示的悲惨景象，
看到了事情本身，他痛恨万分。
他的努米底亚[①]式短鬈发呈金色，
他仪态威严像帝王，他一身光辉，
含着巨大的阴影，像是门农[②]的
庞大身形在太阳落山时呈现在
来自幽冥东方的旅行者眼前：
他也发出叹息，像门农的竖琴声
一样悲伤，他紧紧地合着两手，
陷入沉思，他默默无语地站着。
看到这情绪低落的白昼之王，
沦落的众神又感到深深失望，
许多神遮住颜面避开那道光：
但是凶猛的恩刻拉多斯把目光
投向众弟兄；在他注视下，站起了
伊阿佩托斯，接着站起了克留斯，
海神的儿子福尔库斯，他们一起
大步走到他巍然屹立的地方。

---

① 努米底亚（Numidia）：北非古国，位于今阿尔及利亚北部。

② 门农（Memnon）：埃及底比斯城附近阿孟霍特普三世的巨大石像每天在日出时发出竖琴声。公元170年经罗马皇帝修复后不再发声。

四位神喊出老神萨土恩的名字；
海披里安在峰顶回应，“萨土恩！”
萨土恩挨近众神之母静坐着，
他脸上没一点儿笑意，尽管众神
用他们空洞的嗓门呼喊“萨土恩！”

第 三 卷

【内容概要】海浪的喧声传遍德洛斯岛——阿波罗的诞生地。太阳神阿波罗离开他的母亲和孪生妹妹，沿着溪边柳林漫步向前。一位女神走来。阿波罗跟她对话。女神说：“告诉我你有什么伤心事。”她说，她已放弃宝座，就为了阿波罗的未来，“为了一种新生的美”。阿波罗发现她就是摩涅莫叙涅（被推翻的提坦之一，记忆女神，九位文艺女神之母）。他说，“名声，功绩，旧传说，可怕的事变，反叛，王权，君主的声音，大痛苦，创造，毁灭，所有这一切顷刻间倾注到我这头脑的广阔空间里，奉我为神明，仿佛我已经喝过宇宙间无与伦比的佳酿或仙露，从而成为不朽。”阿波罗经历着剧痛。摩涅莫叙涅举起双臂，像个预言者。阿波罗尖声叫起来……

——译者

喧闹和悲凉的宁静相互交替着，
提坦巨神们感到极大的困惑。
啊，缪斯！让他们各自去苦恼吧；
你无力歌唱这样可怕的骚动：
赞美孤独的哀伤，称颂寂寞的
痛苦，这才最适合于你的嘴唇。
让他们这样吧，缪斯！你即将发现
许多已经沦落的老一代神祇
徒劳地徘徊在岸边，不知所措。
此刻虔诚地弹拨得尔菲竖琴吧，
天上的每阵风都用多利安①长笛
吹出柔美的颤音在一旁协奏；
注意呵！这都是为了诗歌之父。
让原带红色的东西顿时发红，
让玫瑰猛烈燃烧，把空气烧热，
让黎明的朝云、也让黄昏的暮云
堆成妖冶的白絮团飘过山峦；
让葡萄美酒在杯中沸腾起来，
冷得像汩汩的泉水；让沙滩之上、
大海之中的弱音贝壳都变成

① 多利安（Dorian）：古希腊的一个民族。

鲜红色，红透螺旋形里外；让少女
满脸通红，像受惊于一次热吻。
你基克拉迪群岛的主岛，德洛斯，[①]
尽情欢笑吧，同你的绿色橄榄树，
白杨，荫蔽草地的棕榈，任西风[②]
绕身高唱的山毛榉，浓荫下伸出
黑枝的榛树密林一起作乐吧：
阿波罗又成了颂歌的黄金主题！
当太阳巨神在他哀戚的族神中
光辉地站着的时候，他是在哪里？
他已离开他美丽的母亲和他的
孪生妹妹，让她们睡在卧室里，[③]
迎着熹微的晨光，他沿着小溪
岸边的青刚柳树林，漫步向前，
让谷中丛丛百合花盖没脚踝。
夜莺停止了鸣啭，有几颗星星
仍然徘徊在天际，歌鸫的嗓子

---

① 基克拉迪群岛（Cyclades）：属希腊，在爱琴海南部。其中的主岛德洛斯岛（Delos Isle）相传为阿波罗的诞生地。阿波罗为希腊神话中的太阳神，也是音乐之神和诗神之首。

② 此处西风指西风神泽斐罗斯。

③ 阿波罗的母亲是女神勒托；阿波罗的孪生妹妹是阿耳特弥斯，月神，即狄安娜。

安静了下来。这里，在整座岛上，
一切隐蔽的林薮，幽僻的洞穴
都有海浪不断的喧声来干扰，
尽管在绿色山坳里不大听到。
他倾听，哭泣，一颗颗晶莹的泪珠
顺着他手中拿着的金弓滴下来。
他热泪盈眶，半闭着眼睛，站着，
这时从旁边沉重的树枝下面
一位可畏的女神庄严地走来，
他感到她的神态里含有意图，
于是他急切地猜测，困惑地察看，
同时他用优美的声音这样说：
“这大海没有路径，你怎能过来？
远古的风貌，披着长袍的形体
还在这些山谷里无形地流动吗？
我独自坐在阴凉的森林中间，
的确听到过那些袍服迅疾地
扫过落叶。的确，我曾经探寻过
那些宽大的衣裙窸窣的声音，
在寂寂草丛间，我还看见花朵
仰起头，仿佛那声音还在飘过。
女神啊！以前我见过这双眼睛，

那永远宁静的眼神，和整个面孔，
要不我就在梦里。”至尊的女神说，
“不错，你曾经梦见我；你醒来以后，
发现身旁有一架赤金的里拉琴，
那琴弦一旦被你的手指弹拨，
整个宇宙的不知疲倦的耳朵
便悲喜交集，倾听这初生的乐曲，
新颖而奇妙。你有这样的天赋，
却流泪，这不奇怪吗？青年，告诉我
你有什么伤心事；看见你流泪，
我感到难过：把你的烦恼倾诉给
一位神，在这寂寞的岛上，这位神
守望着你的睡眠和你的生命——
从你的小手天真地采摘嫩花的
幼儿时代到你的胳臂能够把
那张永远英勇的金弓拉开来。
把你的心事吐露给一位老神吧，
这位神已放弃古老神圣的宝座，
就为了你的未来，也为了一种
新生的美的缘故。”——于是阿波罗
突然仔细地观察，眼睛也发亮，
他这样回答，那纯真悠扬的嗓子

发出颤动的语音："摩涅莫叙涅！
不知为什么，我总要呼你的名字：
这事你清楚，何以我还要告诉你？
何以我力争说出那由你来说
就不算神秘的事呢？对于我，黑暗，
痛苦、可恶的遗忘蒙住了我的眼：
我力图探明为什么我这样悲伤，
等忧郁使我的四肢麻木为止；
然后我坐在草地上，发出哀叹，
像失去翅膀的神。——我怎会感到
受诅咒、被挫败，既然无主的天空
顺从我渴望的脚步？为什么我的
这双脚憎恶绿草地便要践踏它？
仁蔼的女神，指明未知的事物吧：
这座岛之外还有别的地方吗？
什么是星辰？这儿有太阳，太阳！
还有坚忍不拔的月亮放光辉！
亿万颗星星！请给我指出道路
好通向一颗特别美丽的星辰，
我将带着里拉琴飞到那里去，
使星体的银辉感到幸福而悸动。
我已经听到云雷：掌权者在哪里？

谁的手，谁的精魂，哪一位神明
在四种元素[1]中发出这样的警号？——
而我呢，在这里海边悠闲地听着，
陷于无畏然而痛苦的无知中。
寂寞的女神，用你的竖琴告诉我，
用你那日夜哀号的竖琴告诉我
为什么我在丛林周围说胡话！
你保持沉默吧——沉默！可是我能够
在你的脸上读到奇妙的课文：
广博的知识造就我成为一尊神。
名声，功绩，旧传说，可怕的事变，
反叛，王权，君主的声音，大痛苦，
创造，毁灭，所有这一切顷刻间
倾注到我这头脑的广阔空间里，
奉我为神明，仿佛我已经喝过
宇宙间无与伦比的佳酿或仙露，
从而成为不朽。”——那尊神这样说，
在他柔白的鬓角旁，他两眼如燃，
昂首扫视，终于颤抖着投射出
炯炯目光，紧盯着摩涅莫叙涅。

① 四种元素：公元前5世纪古希腊学者恩培多克勒（Empedokles，约前493—433）提出四元素说，认为万物都是由火、气、水、土四种元素构成。

不久狂暴的骚乱震撼他，使他的
四肢顿时亮出了永恒的华彩；
这非常类似死亡门前的挣扎；
也许更像是向那苍白而永恒的
死亡道永别，痛苦得灼热，正如
死时痛苦得冰冷，猛烈地抽搐着，
由死进入生：青年阿波罗经历着
剧痛：他一头著名的金色长发
围着他急切地伸着的头颈波动。
面对这痛苦，摩涅莫叙涅举起
双臂，像个预言者。——阿波罗终于
尖声叫起来；一瞧呵！从他的四肢
天国的……

（1818年冬—1819年9月）

附录：

济 慈 年 表

1795年10月31日，约翰·济慈（John Keats）诞生于伦敦，芬斯伯利街（Finsbury place）。

1797年（1–2岁）其弟乔治·济慈（George Keats）诞生（2月28日）。

1799年（3–4岁）其二弟托姆（托玛斯）·济慈（Tom [Thomas] Keats）诞生（11月18日）。

1801年（5–6岁）小弟爱德华（Edward）诞生，早夭。

1803年（7–8岁）其妹弗兰西斯·玛丽·（芳妮）济慈（Frances Mary [Fanny] Keats）诞生（6月3日）。

济慈进入以克拉克先生（Rev.J.Clarke）为校长的私立学校，在伦敦北郊恩菲尔德镇（Enfield）。

1804年（8–9岁）济慈的父亲坠马身亡（4月16日）。

1805年（9–10岁）济慈的母亲改嫁。

1806年（10–11岁）济慈的母亲离开丈夫，带着孩子们到娘家居住，孩子们同外祖母一起生活，在伦敦北郊埃德蒙顿镇（Edmonton）。

1809年（13–14岁）济慈热衷于阅读。

1810年（14–15岁）济慈的母亲死于肺痨（3月）。

1811年（15–16岁）济慈结束在克拉克的学校的学习。到埃德蒙顿镇外科医生哈蒙德（Hammond）处当学徒。常到克拉克校长家借书阅读。将《埃涅伊德》（罗马诗人维吉尔的史诗，拉丁文）译成英文。

1812年（16–17岁）诗人李·亨特（Leigh Hunt）因在《观察家》杂志发表批评雷根特亲王的文章，被判“诽谤”罪，罚款并监禁2年。

克拉克校长之子恰尔斯·考登·克拉克（Charles Cowden Clarke）为济慈朗读斯宾塞的诗《新婚喜歌》，把斯宾塞的长诗《仙女王》借给济慈阅读。济慈写《仿斯宾塞之作》。

1813年（17–18岁）：被介绍认识画家约瑟夫·塞文（Joseph Severn）。

1814年（18–19岁）广泛阅读诗歌作品，主要是18世纪和同时代诗人的作品。写成十四行诗《致查特顿》《致拜伦》。

1815年（19–20岁）认识威利（Wylie）一家。写成十四行诗《写于李·亨特先生出狱之日》（2月）。终止哈蒙德医生学徒生涯。进入伦敦盖伊氏（Guy ' s）医院学习当药剂师（10月）。本年写成《阿波罗颂》《致希望》《致乔治·费尔登·马修》等。

1816年（20–21岁）1月，恰尔斯·克拉克与济慈安排多次讨论文学的集会。济慈写成十四行诗《“哦，孤独！如果我和你必须”》。

5月5日，《观察家》发表《“哦，孤独！……”》，这是济慈首次发表作品。

6–7月，到马盖特（Margate），初次见到大海。写成十四行诗《给一位赠我以玫瑰的朋友》（6月29日）

8月，写成十四行诗《给我的弟弟乔治》。

9–12月，恰尔斯·克拉克向济慈推荐恰普曼译的荷马史诗。济慈写成十四行诗《初读恰普曼译荷马史诗》（10月）会见亨特（10月）。写成十四行诗《“刺骨的寒风阵阵，在林中回旋”》（10月）。被介绍认识画家海登（Haydon）（11月）。写成十四行诗《致海登》二首（11月）。与亨特和他的朋友们交往频繁。在亨特家和海登家会见诗人雪莱（P.B.Shelley）、雷诺兹（Reynolds）、作家哈兹里特（Hazlitt）等。写成十四行诗《致柯斯丘什科》（12月），《给G.A.W》（12月），《蝈蝈和蟋蟀》（12月30日），写毕《我踮脚站在山顶》，写毕《睡与诗》。酝酿《恩弟米安》。

1817年（21–22岁）1月，写成十四行诗《“漫长的严冬过去了，愁云惨雾”》（1月31日）

2–3月，写成十四行诗《写在乔叟的故事〈花与叶〉的末页上》（2月），《初见额尔金石雕有感》（3月）。写成十四行诗《献诗——呈李·亨特先生》（3月），置于《1817年诗集》卷首。济慈《1817年诗集》出版（3月）。

4月，接受弟弟和海登的建议，退居乡村学习以充实自己。到怀特岛（Isle of Wight），访尚克林（Shanklin），写成十四行诗《咏大海》（4月16日）。专注于学习莎士比亚著作。开始写《恩弟米安》。

5月，移居马盖特。写完《恩弟米安》第一卷。

6–8月，回到伦敦，住在西北郊汉普斯特德镇（Hampstead）。与老朋友来往。认识狄尔克（Dilke）、布朗（C.A.Brown）、贝莱（Bailey）。完成《恩弟米安》第二卷。

9–10月，到牛津访贝莱。阅读弥尔顿和华兹华斯的作品。续写《恩弟米安》第三卷。偕贝莱访莎士比亚故乡爱汰河畔斯特拉福镇（Stratford–upon–Avon）。《爱丁堡布拉克伍德杂志》刊出文章《评伦敦姥派》，攻击亨特，用嘲讽口气涉及济慈（10月）。

11月，访伯福德桥（Burford Bridge），靠近多金（Dorking），在那里研读莎士比亚的作品，完成《恩弟米安》初稿。写信《致贝莱》（11月22日），提出"想象力的真实性"概念。

12月，在伦敦，为杂志写戏剧评论。听哈兹里特关于英国诗人的演讲。在海登的"不朽的宴会"上会见华兹华斯（William Wordsworth），兰姆（Charles Lamb）也在座。热心投入伦敦文人的社交活动。写信《致弟弟乔治和托玛斯·济慈》（12月21日），提出"客体感受力"（negative capability，亦有人译作"否定自我的才能""消极感受力""反面感受力""消极才能"等）的著名论点。

本年内还完成十四行诗《题李·亨特的诗〈里米尼的故事〉》

及抒情诗《不要想它》等。

1818年（22–23岁）1–3月，继续与朋友们来往。多次拜访华兹华斯（1月）。写成短诗多首，其中有十四行诗《“我恐惧，我可能就要停止呼吸”》（1月），《罗宾汉》（2月3日），十四行诗《致尼罗河》（2月4日），十四行诗《给——（“自从我陷入了你的美貌的网罗”）》（2月4日），十四行诗《致斯宾塞》（2月5日），十四行诗《答雷诺兹的十四行诗》（2月8日），十四行诗《歌鸫说的话》（2月19日），十四行诗《人的季节》（3月）。十四行诗《致荷马》也写于本年早期。写信《致雷诺兹》（2月3日），论诗。写信《致约翰·泰勒》（2月27日），提出对诗的信条。

3–5月，赴德文郡（Devon Shire）的廷茅斯（Teignmouth）与弟弟托姆会合（3月）。写成《我在此度过整个夏天》《你到哪儿去，德文郡姑娘？》（3月14日）。《恩弟米安》修改完毕（3月）。《恩弟米安》出版（4月）。写毕《伊萨贝拉》（4月27日）。阅读弥尔顿的著作。回到伦敦西北郊汉普斯特德镇（5月）。写信《致雷诺兹》（5月3日），论诗。

6–8月，弟弟乔治·济慈与乔治安娜·奥古斯塔·威利小姐结婚，新婚夫妇启程赴美国。济慈送他们到利物浦（6月22日）。济慈偕同布朗游湖区，并赴苏格兰旅行，经过邓弗里斯（Dumfries）、加洛韦（Galloway），沿着柯库布莱郡（Kirkcubright Shire）海岸，到达牛顿·斯图尔特（Newton

Stewart），再赴斯特兰拉尔（Stranraer）和波特帕特里克（Portpatrick）。由此到爱尔兰游历两天（7月），回到斯特兰拉尔，沿着艾尔（Ayr）北部海岸行进，访艾尔萨巨岩（Ailsa Craig）。从艾尔到格拉斯哥（Glasgow），奥湖（Loch Awe），奥本（Oban），斯塔法岛（Staffa），威廉堡（Fort William），本·尼维斯山（Ben Nevis），因弗内斯（Inverness）（8月6日）。遵医嘱停止旅行，乘船（8月8日）回伦敦，抵达汉普斯特德镇（8月18日）。旅途中写成十四行诗《访彭斯墓》（7月1日），《关于我自己的歌》（7月2日），《梅格·梅瑞里斯》（7月2日），十四行诗《致艾尔萨巨岩》（7月10日），《斯塔法》（7月26日），十四行诗《写于本·尼维斯山巅》（8月2日）。在旅途中随身只带一本书：加利（Cary）译的但丁著作。

8–12月，《评论季刊》4月号、《英国评论家》6月号、《爱丁堡布拉克伍德杂志》8月号都在9月份出版，刊登文章攻击《恩弟米安》，甚至对济慈进行人身攻击。此时期济慈住在汉普斯特德镇（8月）。在狄尔克（Dilke）家初次遇见芳妮·布劳恩小姐（Fanny Brawne）（9月）。济慈经常在弟弟托姆的病榻旁侍候。写信《致恰尔斯·伍德豪斯》（10月27日），提出诗人"没有自我"的观点。托姆病逝（12月第一周）。济慈去文特沃思宅（Wentworth Place）与布朗同住。这一时期开始写《海披里安》；写出《诗人颂》（12月），《幻想》（12月），《歌（"我有只鸽子"）》（12月）等诗篇。

1819年（23–24岁）1月，写作《海披里安》。完成《圣亚尼节前夕》初稿。赴奇切斯特（Chichester），在那里构思《圣马可节前夕》。赴贝德汉普顿（Bedhampton）。

2–10月，在汉普斯特德镇的文特沃思宅。是年写成六首颂诗：《怠惰颂》（3月）、《赛吉颂》（4月）、《夜莺颂》（5月）、《希腊古瓮颂》（5月）、《忧郁颂》（5月）、《秋颂》（9月19日）。写成十四行诗《“为什么今夜我发笑？没声音回答”》（3月）、《咏梦——读但丁所写保罗和弗兰切斯卡故事后》（4月）、《致睡眠》（4月）、《咏名声》（一）（二）（4月）、《“如果英诗必须受韵式制约”》（2–7月）、《“亮星！但愿我像你一样坚持”》（2月？7月？9月？）。写成《冷酷的妖女》（4月28日）。写日记体长信《致弟弟乔治和弟妇乔治安娜·济慈》（2月14日–5月3日），论诗。

7月，在尚克林，与莱斯（Rice）住在一起。布朗前去与他同住。布朗与济慈合作写出剧作《奥托大帝》。济慈写《拉米亚》。《夜莺颂》发表。

8–10月，偕布朗移居文切斯特（Winchester）。继续写《拉米亚》和《圣马可节前夕》。完成《奥托大帝》（8月）。续写《海披里安》。学习意大利语。写作《海披里安的覆亡》。放弃《海披里安》。完成《拉米亚》（9月）。修改《圣亚尼节前夕》（9月）。写成《秋颂》（9月19日）。写信《致弟弟乔治和弟妇乔治安娜·济慈》（9月21日），论诗。

10–12月，赴伦敦，希望到期刊谋职。回到汉普斯特德镇布朗处过冬。对芳妮·布劳恩的爱情与日俱增，写成《给——》，十四行诗《致芳妮》《“白天消逝了，甜蜜的一切已失去”》等。写作《系铃帽》。改写《海披里安》。准备出版诗集。与芳妮·布劳恩订婚（12月）。

1820年（24–25岁）1–6月，弟弟乔治·济慈回伦敦数天（1月）。济慈咯血，出现死亡警告（2月3日）。济慈与布朗在格雷夫森德（Gravesend）分别（5月7日）。济慈住到肯蒂什镇（Kentish Town），那里离李·亨特住处近（5月）。《冷酷的妖女》在《指针》上发表（5月10日）。筹备诗集的出版。再度咯血（6月22日），到摩蒂末街（Mortimer Street）与李·亨特同住。

7–8月，诗集出版，包括《拉米亚》《伊萨贝拉》《圣亚尼节前夕》《夜莺颂》《希腊古瓮颂》《赛吉颂》《幻想》《诗人颂》《咏美人鱼酒店》《罗宾汉》《秋颂》《忧郁颂》和《海披里安》（7月初）。兰姆的评论在《新时代》上发表（7月19日），亨特的评论在《指针》上发表（8月），杰弗里（Jeffrey）的评论在《爱丁堡评论》上发表（8月），均对济慈的诗作予以好评。济慈离开摩蒂末街，住到文特沃思宅布劳恩太太家里（8月12日），由布劳恩太太和芳妮·布劳恩小姐照顾。雪莱邀请济慈到意大利同住，济慈婉谢。

9月，济慈由画家塞文陪伴，乘双桅船“玛丽亚·克劳塞”号前往意大利（9月18日）。在拉尔沃思湾（Lulworth Cove）停靠时，济慈在一本莎士比亚诗集的空页上，正对莎士比亚的诗《恋女的怨诉》，写下十四行诗《“亮星！但愿我像你一样坚持”》的修正稿，以示塞文（9月28日）。

10–12月，抵达那不勒斯（10月末）。写信《致布朗》（11月1日），倾诉自己对芳妮·布劳恩的思念。抵达罗马（11月中旬）。肺病加重，大咯血（12月10日）。

1821年（25岁）济慈逝世（2月23日），安葬在罗马新教徒公墓（2月27日），墓上按济慈的遗愿，不刻他的姓名。墓碑上刻的是：

这座墓
埋葬着
一位
英国的青年诗人
他
在临终的床上
心中充满痛苦
面对敌人的恶意中伤
希望
在他的墓碑上铭刻如下文字：
用水书写其姓名的人

在此长眠①

1821年2月24日

屠岸 辑

① 济慈自定的铭文原文是Here Lies One Whose Name Was Written In Water。有一种译法是“名字写在水上的人在此长眠”也可通。但原文中Water前的介词是in而不是on，因而译者试译为“用水书写其姓名的人在此长眠”。妥否，愿就教于方家。